奇谈百物语·眩

〔日〕京极夏彦——著

Natsuhiko Kyokoku

王华懋——译

四川文艺出版社

目次 CONTENTS

厕所之神

便所の神様

云朵滚滚涌出。

天空是靛蓝，而后转为玄黑。黄昏已过，夜幕低垂，是介于傍晚与夜晚之间的时刻。云的境界处一片亮白，因太阴就在其后。

啊！分不清是澄澈还是黑浊，多么尴尬的色彩。分不清是黑还是亮，多么尴尬的天空。

奶奶哭个不停，吵得我受不了，只好走出玄关。咔啦啦打开门，站在水沟上褪色的木板处。

我仰望夜空。

得再暗一点，否则看不清星星。

今晚月光灿烂，但我其实不想看星星。盯着渗透在天盖上一粒粒的洞孔，总觉得自己渺小至极，忍不住悲哀，想远走高飞。

黝黑的电线杆屹立，一条条多到数不清的电线如吊桥般绕弯延伸，汇聚之处，亮着一盏盏肖似熟透鬼灯球[①]的户外灯。

对面人家已然一片漆黑，唯有屋瓦略略反射月光，形成奇妙的花纹，宛若长虫的鳞片。

这块——

从玄关到马路，横跨水沟架起的短木板底下。

以前有蛇。是长着花纹的小蛇，父亲抓来杀了。虽然恶心，但很好玩。虽然好玩，但很恐怖。快乐的事和可怕的事，并无太大分别。说是以前，也只是去年的事，还是前年？

就在这里吧。

我往下望。

地面一片亮泽。

水沟更是闪耀，约莫有污水流过。水沟两侧模模糊糊不知何物，白天看起来应该是草丛，但现在太黑，瞧不出究竟。

只看得出一根特别细长的草。

脚下的木板有些褪色，从一片昏暗中浮现。肮脏的木板干燥粗糙，沾上灰尘、泥沙与垃圾，在湿润的傍晚与黑夜的景色中，总显得异质。倒也难怪，玄关的灯光，越过我的头顶照亮木板。

是厌恶月光吧，所以才显得粗糙，因此不显得油亮。

① 即酸浆，也称红姑娘、金灯、泡泡草，等等。

电灯与我波长不合，像在太近的地方观看电视。

明明白天没有这种感觉，太阳就是如此强大。

我这么想。

那条蛇也一样，或许是厌恶炽烈的阳光。要不然，怎么会躲在肮脏水沟的褪色木板下？

父亲杀了蛇。

啊啊，啊啊，声音传来。

好像狗。很像狗，但那是奶奶。日复一日，太阳一下山她就哭，放声大哭。

虽然没流几滴泪，却哭个不停。

想必她非常难过。

可是好吵。

莫名感到一阵寂寞。

怎么不去睡？我暗想。一整天，奶奶就坐在起居间的长椅上，尽情哭完，然后上床睡觉，仅此而已。一大清早，她便起床，在设有佛坛的房间念经。她念得很糟，没办法像和尚那样流畅。听不懂在念什么，声音难听，还会走调。

所以，每天早上一醒来，我总会听到鹅叫般的诵经声。

诵经其实没那么吵。

明明拼命祈祷，一到夜里，仍不禁悲从中来。既然如此，干脆别念什么经，我每天都忍不住想着。诵经声干涸，虽然响亮，却是毫无余韵的沙哑声音。奶奶不出门，也许已被电灯的波长烤干。她的头发用油膏抚贴在头上，但皮肤十分干燥。

望着湿润的月下景色，我渐渐陷入这样的情绪。

话说回来，真是吵死了。

明明云间出现空隙，月轮皓皓闪耀，有什么好伤心的？

继续处在夜晚的空气中，连心都会冻结。我背对马路，转向玄关，咔啦啦打开门，踏入脱鞋处。

家中一片朦胧。

隔着玻璃门，看得见起居间的情况，但玻璃上刻着杂乱的花纹，仍是一片朦胧。轮廓成了晕渗的色块。奶奶、墙壁、长椅、桌子、桌上的茶杯和水果，是一切轮廓相互掺和些许形成的色块。只有电视机画面明灭闪动。

大概是开着电灯。不知为何，电视机的音量总是很小，听不清楚。

奶奶的哭声要洪亮许多。

家里有点臭。

是家的气味。鞋柜上铺着蕾丝巾，放着穿毛线背心的丘比娃娃，及贝壳做的狸猫摆饰。狸猫的左眼掉了，每次瞥见我都忍不住想，怎么不丢掉？要是朋友看到，一定会取笑我。

虽然朋友不会发现。

家里的怪味，想必也渗进了丘比娃娃的背心。

背心本来是粉红色，边缘是黄色，现在却变成接近茶褐色。由于褪色，染上古怪的空气。不会错的。

那件毛线背心想必臭得要命。

家里的味道，肯定结结实实浸透在网眼和纤维隙缝里。

毕竟不晓得丢在那里多少年了，也不晓得是谁织的。

不如不要摆出来。

家里很臭，我不愿意找朋友来。

就算朋友来，也只在外面玩，我不会让他们进屋。

我的房间仅有三张榻榻米大小，非常狭小。与其说是房间，不如说是房间与房间的通道。

这究竟是什么味道？臭归臭，其实我没那么讨厌。是一直呼吸这个气味生活的缘故吗？由于吞食怪味成长，早就习以为常？

可是，外头清透的空气更舒服。外头的空气会从鼻腔穿过脑袋，令人心旷神怡。

家里的空气，从鼻子吸进去，感觉会一点一滴浸透到体内。虽然心安，却一点都不清爽。

是屋子旧了吗？

是屋子脏了吗？

这是栋木造平房。

朋友家的双层楼房又新又酷，集合住宅和公寓也颇帅气。

而我家总有一种寺庙般的颜色。地板上用图钉铺着塑胶垫，墙上贴着立山的三角旗[1]。外墙是木板，铁皮都生锈了。

所以才会有味道，一定是的。

这是什么味道?

设置佛坛的房内有线香的味道，还有蜡烛的焦味。

摆着衣柜的房间有樟脑的味道，还有类似纸的味道。

浴室充满肥皂和霉的气味。厨房弥漫着水垢和蔬菜的泥土味。

起居间是奶奶的味道。老人的味道，还有饭的味道。不是味噌或酱油，而是煮好的米饭香。

或许是这些林林总总的味道混合而成。

混合在一起，就会发臭。学校和街上没那种味道。不会有线香、樟脑、霉菌、泥土、老人的味道。这些都是在家里才会闻到的味道，浑然一体，如同花纹玻璃门另一头的景色，失去界限。这就是我家的味道吗?

大概就是我家的味道吧。

好丢人。

不过，我并不讨厌。一想到真臭，是家里的味道，尽管丢人，却觉得心安。

莫非已渗透到骨髓里?还有肺和心脏，甚至每一个细胞和血管?

就像丘比娃娃的背心。

① 日本在昭和年间（1926—1989 年），各观光景点流行贩卖当地三角旗作为纪念品。

我也一样臭吗？

没人这么说过。该不会只是大家都没说？

我脱下父亲不再穿的褐色拖鞋，踏上门框。脚底压在凹凹凸凸的木框上，十分舒服。

木头凉凉的，却也有点温温的。

想到去起居间，奶奶会很吵，我直接前往走廊。

走廊的木板没凹凸不平，一片平滑，带有光泽，会反射灯光。毕竟会擦地板，是已不在的家人们擦的。约莫是全心全意、悉心擦拭吧，木板像贴上一层饴色透明的膜，光可鉴人。

赤脚踩上去，会留下黏黏的脚印。

眼前出现一道纸门，那是设有佛坛的房间。

里面没人，想必是乌漆抹黑。门上糊的纸已旧，整体呈灰色，质感也挺粗糙。弄破纸门会挨骂，但有时就是想弄破。只要戳破一处，便控制不住冲动。

所以经过时，我都尽量不去看纸门。

闻到线香的味道。

奶奶一直在哭，怎么不去睡？

还是狗叫声？也许那是狗。只要救护车经过，附近的狗就会跟着乱吠。奶奶的哭声听起来和狗叫一样。仿佛狗遭碾死般的声音。

愈往走廊前进，屋里愈阴暗。

深处是一片漆黑，而玄关和靠近起居间的地方是亮的。

因此飘散线香味的佛堂前的走廊，犹如处于难辨人脸的黄昏时刻[1]。

经过佛堂，拉上遮雨板的玻璃窗倒映出我的身影，旋即融入无限的黑暗中，宛若只有羸弱轮廓的妖怪。

得开灯才行。

其实我没有特别要干吗。

可是，要去我那狭小的房间，得穿过充满老人味的起居间，奶奶又像狗一样吵，好讨厌。今天我觉得好讨厌，仿佛有什么卡在胸口。我并不是特别讨厌那声音，唯独此刻不想听见。

所以得点灯才行。

那是铺木板的房间。

说是房间，其实只是走廊的尽头，再过去就是散发霉味的浴室。

紧接着是后门。不是厨房门，而是后门。一出去便是木板围墙，空间狭窄，杂乱长着色彩艳毒不祥、一点都不青翠的草。

就算能挤过杂草丛生的围墙隙缝，来到屋子侧边，围墙之间窄得连狗都难以通行。若试图改道，庭院也仅是一块狭小荒地，晾着晒不干透的衣物，脸盆残骸四散。换句话说，从后门走不到屋前的空地。

推销员或送货员造访无门。

① 黄昏时刻，在日语中也称“谁彼刻”，因天暗无法辨识他人脸孔，得询问对方是何人，故有此称呼。

更没办法搬运东西进来。

即使开门，也只能到屋后，所以称为后门。在毫无用处的后门边，放着一台旧式洗衣机，一旁篮子里的潮湿的脏衣物堆积如山。

大概是日间天气不佳，没办法洗衣服。

篮子里黑得伸手不见五指，尽管没闻到味道，但我猜脏衣物上应该沾着汗垢与污垢。

总之举目尽黑，只能摸索。

开关在厕所门旁边。

正中央设有厕所。于是，脏衣物、后门、浴室的味道，全都败下阵来。在黑暗中能够察知的，只有厕所。

得快点开灯才行。

黑暗将被厕所占领。因为散发着味道。

首先是消毒水味。

刺鼻的气味迎面袭来。

洗手水里掺有消毒水，约莫是为了消灭霉菌和细菌。

汲取自来水，特地存放于吊在上头的水槽里，用来洗手。

压一下悬垂的奇怪形状器具前端，水会伴随“啾、啾”声流出来。水量颇小。沾湿手，再用挂在旁边的毛巾擦拭。其实是随便一抹，那条毛巾一定脏得要命。即使换过或洗过，还是脏得要命。

所以，我会去厨房重洗一次。如果是白天，就走到外头，用泵汲井水洗手。

肯定很脏的嘛。

就算消过毒依然肮脏。

不是把用来消毒的药水倒在水槽里吗？

有一点医院的味道。还有个像医院用品的白色平坦脸盆状物，放在由黑铁棒组成、犹如摇摇欲坠楼塔般的铁架上。不过，那脸盆是空的，沾黏着积累的灰尘。怎么不干脆收起来？

锵，脚撞到东西。

是踢到放洗脸台的铁架了吧。

这表示开关就在旁边，我伸出手。

伸到厕所门边。

两个凹凸不平的塑胶突起，开关是上面那个。

咔嚓。

天花板上，分不出冷暖、扭曲前进的微弱电流构成的光球闪烁，好似敲开的蛋，浓稠地推挤开黑暗。

黑暗是被驱逐到后门，或是浴室吧。

但不至于刺眼。那不是眼睛无法适应的变化，仅仅能看到东西而已，实际上依旧昏暗。

好暗，就像梦里一样。

就像在明亮的房间观赏黑白电影，暧昧模糊。

因为是厕所前面。啊，可清楚看到厕所门。消毒水那表面清洁的虚伪刺激气味渐渐淡去。不，还是一样浓，只是厕所的味道太强烈，混合在一起，变成古怪的味道。不再是我家的味道。

好臭。

这薄薄的木门，更深处的廉价薄门后方，便器底下，堆积着许许多多的粪尿，腐败、溶解、蒸发。臭味渗透外泄，爬出来，与消毒水的味道混合在一起。虚伪的消毒水不可能是对手。

况且还以水稀释。

朋友家的双层楼房是水洗式厕所，非常干净，只有除臭剂或芳香剂的廉价气味。不过我家是淘粪式，各种臭味混在一起。

我害怕厕所。

可是大小便无法忍耐，也没办法在其他地方解决，不得不过来。虽然臭、虽然害怕，但其实我没那么讨厌。

或许我是喜欢的。

闻到味道，就会想进来。

会想排便或排尿。

非常不可思议。

厕所的味道，会唤起便意或尿意。一吸进那味道，肉体就会产生反应。

那味道会刺激肠子蠕动，加速血液循环吗？是不随意肌或自律神经之类，凭自身意志无法控制的部位有所反应？再不然，纯粹是条件反射？

我吸一口气。

吸入厕所的味道。

啊！实在忍不住。

尽管又脏又臭，尽管害怕，我仍不由自主要进厕所。尽管又暗又湿，尽管恐怖，但几乎听不到奶奶的哭声，至少不会浮现望见夜空星星的虚渺情感。尽管心脏怦怦跳、背脊战栗，甚至发抖，就是无法不进去。

咔嚓一声，我扳下被手垢摸成黑色的第二个开关。

厕所门变得有点黑，边缘透出黄光，仿佛背后藏着月亮的云朵。厕所门的上下有空隙。咔咔地关不紧，木板干瘦，左右有缝。一开灯，光就会四处漏泄。这味道是从隙缝渗透出来的吧。

非进去不可，非进去不可。

仿佛打一开始我就是为了大便，目不斜视地过来。

其实，我只是不想待在起居间。奶奶在哭，父亲也许在怄气睡觉，其他家人早已不在。

可是，现在不一样。

我想上厕所。

我抓住嵌着木棒的门把。

我家很穷，屋子又旧又脏，厕所门颇简陋。

门没上锁，内侧钉着粗铁丝般、呈问号状的金属零件。

一打开门。

臭味扑鼻。

右边是老旧的陶瓷小便斗，有大茶壶般的花纹。

小便斗里放着两颗缺了一半、弯曲凹陷的柠檬色球状物。

尿在上面，球状物就会愈来愈小。那是什么用途?

学校的厕所也有同样的玩意儿。不知为何，学校的厕所看起来比较干净。

家里的厕所总觉得脏，更让人不懂放置的理由。

我想看看球状物被淋上尿液愈来愈小，最后滚入排水孔的瞬间。

但我没看过。变小后，往往会不知不觉被换掉。

柠檬色球状物散发的味道，一定助长了厕所臭味的不可思议力量。无时无刻不一点一滴挥发。

和小便斗的排水沟涌出的阿摩尼亚刺鼻臭味混合在一起，飘荡、充斥在小小的空间里，形成阴郁的湿气。

这个小房间里充满了那种粒子般的物质。

所以墙壁尽是污渍。

厕所的墙壁是什么材质，我不清楚。

大概是灰泥，但不再洁白。原本日间一片阴暗，夜里益发漆黑，即使开灯，也仅有小灯泡发光。在那种没品的黄光下，只会变成更古怪的色泽，所谓的墙壁不过是沾染掺杂褐、黄、灰恶心斑渍的肮脏平面。

虽然看起来像人脸或动物等形形色色的物体，也只是看起来像而已。

左侧的墙上，钉着前年的月历。

下缘有点破，且褪色变脏，好似百年前的月历。

仿佛遭充斥厕所的气体侵蚀，纸张变质，逐渐风化。

月历上印着一张小狗的照片。

应该是狐狸犬。

我垂落视线，趿上拖鞋。那是双绿拖鞋，右脚边缘有点剥落。灯泡没劲的光线抵达不了地面，膝盖以下昏昏暗暗，辨识不出真正的颜色。宛如泡在浸染墨汁的洗笔水中，浑浊黝黑。

那么，靠近灯泡的上方比较亮吗？倒也不是。

唯独灯泡散发没什么威力的猥琐光芒，周围反而更暗。结着蜘蛛网，想必有蜘蛛出没，也有误闯蜘蛛网的蛾或飞虫尸体吧。厕所的气体凝结成珠，附着其上。

除此之外，当然有别的虫子。

啊，光想就讨厌。

这么暗、这么湿、这么臭，居然还有虫。

随时会从天而降。

朝小便斗中的柠檬色球状物一瞥，我抓住内门。

薄薄的门极轻，一旦打开，肯定臭气冲天。

不出所料，熏得双眼刺痛。

首先映入眼帘的是一扇小窗。约莫是为了换气而设，但毫无作用。那是嵌雾面玻璃的小窗，总是只打开一厘米左右，不曾完全打开或关上。那样的隙缝，没有任何东西能够出入。即使打开，屋后也堵着木板围墙吧。

大便间的墙壁加倍肮脏。

不仅泛黄，斑渍益发深浓，污垢又更顽固。

木板地正中央是蹲式马桶。那是和小便斗相同花纹的陶瓷马桶，似乎相当老旧，附有木制盖子，却从未盖上。

盖子靠在厕纸盒及放杀蛆毒药的褐色玻璃瓶旁边。

这里的地板恰恰与玄关前的木板一样。

赤脚踩上去，会有凹凸不平的触感。

我望向蹲厕。

在这个大便间，我从没看过上面。

一定有比小便间更恶心的虫子，我几乎都低着头。

正因如此，臭味加剧。臭到要掉泪。

蹲厕底下的深穴堆积秽物，不断腐败、挥发，混合交融，散发出浓浓的不愉快臭气。

一定比灯光更强烈地渗透这世界吧。

好臭啊！

好暗啊！

好脏啊！

可是，我没办法折返。

无法以意志力控制的不随意肌和自律神经等肉体各部位，已对臭气产生反应。

我一脚踏进去，慢慢拉上门。

把门闩往旁边一推，扣起小小的门锁，然后——

跨上蹲厕，秽物的粒子仿佛从脚下飞扑上来。

这间厕所，宛若无底洞，我总有这种感觉。

默默想着，我褪下外裤和内裤，蹲下身。

将我毫无防备的屁股暴露在无底的地狱深渊入口。

世上有更令人不安的事吗？还有更羞耻，或者更可怕的事吗？

思及洞穴里的情况，我不禁毛骨悚然。

人类……

是不是把罪业与恶念、无尽的因缘和烦恼，连同屁啊、粪的一起拉出？

啊啊，太可怕了！

鼻孔吸入臭气。

不管瞅着蹲厕的木盖、厕纸和褐色玻璃瓶，或盯着布满墨迹测验污渍般的恶心墙壁，我总忍不住这么想着，然后视线被厕所中唯一质感不同的东西——

清洁剂的绿瓶子吸引。

这瓶清洁剂极为刺鼻。一打开瓶盖，鼻子就像遭刺中。

想必是用来击败罪业、恶念、因缘、烦恼的强力毒药吧。

喝下肚会死吧。

会痛苦挣扎，吐血而死。

如果死掉，就会被丢弃吧。

会被丢在这里吗？

父亲是把杀死的蛇丢进大便坑吧？即使砸碎脑袋，剥下一半的皮，那条蛇仍不停扭动。不过，一旦丢进这个洞，肯定活不成。瞧瞧，臭成这样，又脏又暗，还掺杂杀蛆的毒药。

死掉的弟弟，不见的母亲，都在里面吗？

要不要探头一窥？

如果探头一窥会怎样？啊，好想窥探。

万一腐烂的母亲、化成白骨的弟弟的脸浮出脏臭浑浊的屎尿之海，该怎么办？啊，怎么办？太可怕了，我吓得要命。死掉就罢了，万一还活着呢？惊悚的想法从屁股侵入，完全占据我的身体和脑袋。

唉，我怎么不乖乖待在外面？

既然臭成这样、恐怖成这样，不如眺望星星，为微不足道的寂寞颤抖。父亲，你说呢？奶奶，别再哭了。

啊，我好像秽物。

这样下去，我一定会窥探蹲厕的洞穴。真的就要探出头，实在快抵挡不住诱惑，我不想目睹那么恐怖的景象……

我抬起头。

天花板上——

肮脏猥亵漆黑恶心臭到不行脏得要命有蜘蛛网还有虫子四处窜爬

灯泡苦闷地绽放黄光绝不能看的腐烂天花板上，穿华服的小个子老爷爷倒坐着。

露出一副好吓人、好恐怖、好阴森的表情。

“罪孽深重啊。”

老爷爷发出污秽的声音。

早知道就别看，我默默想着。

扭曲的观音

歪み観音

“歪了耶。”我说。

“啊？”得到的回答是语尾带着疑问号似的叹息。

“没歪吗？”

“什么？”

这种时候，孝也总会露出“真是麻烦的丫头”的表情，瞅着我的额头一带。其实，他想看的应该不是额头，而是脸庞，只是我没好好面对他，才会觉得他看着额头。我们身高有些差距。

所以，他露出“真是麻烦的丫头”的表情，纯粹是我的想象。

那根电线杆……我伸手指去。

是商住大楼附近的电线杆，恰恰就位于美语补习班招牌旁。算是软趴趴地弯曲着，还是蛇行？只有一处弯曲，不能称为蛇行吗？

怎样才能弯到那种程度？

“没歪啊。”孝也回答。

“是直的，没倾斜。你瞧瞧……”

不是和招牌平行吗？

“如果电线杆是斜的，那招牌——不，等于连大楼都倾斜。是你的错觉吧？可是，直的怎么会看成斜的？电线松脱的缘故吗？”

“不是，电线杆和招牌平行，没有倾斜。只有一处软趴趴地歪着。”

“软趴趴？”

“就是，呃……”

我没办法确切形容。

“喏，在以前的美国卡通片里，要是登场角色撞到铁杆之类的，杆子不是会凹陷成脑袋的形状吗？就是那种感觉。”

“什么？”

孝也又露出那种表情瞅着我的额头。然后，他望向电线杆，仔细观察。

“以前接收类比信号的电视，有时画面不是会往旁边扭曲？就是那种感觉啦。”

“哦，我大概知道你的意思……可是哪里歪？”

孝也仰望电线杆。

“什么哪里歪……”

“呃，我看着是直的。会不会是角度差异？”

"角度？"

"哦，要是真如你形容的那样歪掉，从某些方向看过去也是直的吧？"

高个子的他稍微蹲下，侧着脸，转过上半身。

"没歪啊。"

"反正我是矮冬瓜。"

"不，不是有那种骗人的魔术吗？把弯曲的棒子，像这样摆着，让观众看起来是直的，然后用指头一转说：'瞧，我弄弯了！'要是观众站在近旁，手法就会曝光，超蠢的。所以……不是角度，是位置问题吗？"

孝也移动到我面前，像是稍微绕行似的走到路旁。

"果然没歪啊。"他说。

"还是歪的吗？"

"什么'还是'……"

明明就是歪的，不管怎么看都一样。

"会不会是错视，或折射？"

"折射……嗯……"

是那种弯曲法没错。直到途中都是笔直的，却忽然软趴趴一歪，接着又恢复笔直。但是，没有棱镜要如何制造折射？

"喏，就是受到空气、温差之类的影响，有时不是会造成光线折射吗？"

“可是，不是那样的。”

我觉得不一样。

倘若是折射，背景应该会一起弯曲，但美语补习班的招牌方正依旧。

更何况……

我往前走。

“不管从哪个角度……”

咦？

奇怪。

不管从哪个角度……

看起来都是歪的吗？

我继续往前走。先小跑步前进，然后抬头。接着继续前进，来到电线杆底下，抬头仰望。

是歪的。

果然是歪的。

可是好奇怪，看起来只有电线杆所在的部分空间扭曲。假使电线杆本身是歪的，那它理当和魔术道具的棒子一样，依观察的位置，视觉上会有不同程度的弯曲。

身为观察者的我移动，形状也会改变，然而……

不管从哪个角度望去，弯曲的形状都相同。

换句话说，只能解释为电线杆随着我移动而变化。但电线杆不可能配合我变形。这是不可能的事。

果然是错视吗？就像其实五官凹陷的娃娃，不管从哪个角度望去，都仿佛在回看观者，是一种视觉陷阱吗？

怎么可能？

那是大街上的电线杆啊。

“怎么？”孝也问。

“没事。”我应道。

分明有问题。至于什么有问题，是我有问题。这种景象违反物理法则，只可能是计算机动画。但又不是二次元卡通，这是三次元现实。

我揉揉双眼，眨眨眼皮。

依然毫无变化。

电线杆软趴趴地扭曲着，可窥见后面招牌上的字。

美语的“美”。

“拜拜。”

我看都不看孝也。

“喂，你怎么啦？”孝也追问。

“哦，我不太对劲。我怪怪的，今天先算了。”

门禁是八点。补习班七点半下课，但我解不开习题，拖延十分钟，没办法继续磨蹭。

天空挂着一轮接近满月的硕大月亮，空气清澈，不可能是折射。

“拜拜。”

我挥挥手，意思一下地回头，但没看孝也的表情。

我也没看电线杆。不管是歪或直，横竖有问题的都是我。我快步回家，没跟任何人讲太多话，吃过饭，洗过澡，写完功课，倒头就睡。

一成不变的早晨来临，我一如往常起床，一如往常与家人对话，准备出门上学。

早晨的空气十分空洞，怎么吸都吸不饱。

今天天气很好，视野宽阔。

可望见远方。

爬上坡再下来，就离开住宅区，视野里换成站前的景色。

我想起遗忘的电线杆。

快看到站前圆环了。我在一个相当大的十字路口角落等红绿灯，歪头偷瞄那栋住商混合大楼旁的电线杆。

果然，是歪的。

假装没看到吧。

除此之外，没有任何异状。

抵达学校前，我都这么认为。实际上，公交车里也没什么奇怪的地方。熟面孔的粉领族、上班族、隔壁班的同学。熟悉的情景、熟悉的气味、熟悉的声音。连流过车窗外的街景，也毫无变化。应该没有变化。

亚纪和真美一如往常，操场、走廊、教室一如往常。

唯有孝也担心地注视着我。

这倒是理所当然。昨天的我不对劲，可是今天我已经没事，所以摆出没事的面孔转向孝也。孝也轻笑一下，我以为从此一切太平。

——直到上课为止。

摆好教科书和笔记本，从笔盒拿出自动铅笔后，我又陷入混乱。自动铅笔……

是歪的。

跟电线杆一样，中段软趴趴地扭曲着。

这怎么用啊？

最初浮现在脑海里的是合情合理的感想，接着我当然试着按压。

笔芯正常地出来。

然后，我摘下笔盖，把笔芯倒在笔记本上。

掉出来的笔芯是直的。

这不是很奇怪吗？

我再次把笔芯装回笔管，软趴趴、扭曲的自动铅笔的笔管里。

毫无困难地装进去。

这样就很奇怪了。

笔直的笔芯，不可能顺利装进蛇行的笔管。歪成这样，应该会卡在中间。毕竟笔芯不是软的，而是硬的。

虽然硬，却十分脆弱，稍一施力便会折断。

不，歪成这样，换成绳子或线，也不可能轻易装进去吧?

换句话说，自动铅笔其实没歪。

只不过，在我眼中是歪的。

我把自动铅笔放在教科书上。

得冷静下来才行。

得冷静下来。

我垂下目光。

放在教科书上的自动笔，看起来是什么样子?

笔管弯曲处底下的文字……

看得一清二楚，读得出来。

挪成横的，放在句子上。笔管原本是直的，应该要遮住一整行，我却看得到弯曲部分底下的文字。我读得出来。

这是物理性的弯曲。若是错觉或折射，不会出现此种情况。

应该不会。

如果是光的折射，教科书一样会是歪的，不然说不过去。

即使是错觉，看得到被遮住的地方也很怪。

没错，很怪。

我果然不对劲，否则就是这支笔……

我用指尖旋转自动铅笔，让它滚动。

要是笔真的弯曲，不可能顺畅滚动。

谁都会这么想吧。勉强推动，恐怕会像装方形轮胎的汽车，上下颠簸。

应该是的，然而……

自动铅笔正常滚动。弯曲的笔管滚动着。

明明从我的位置望去，弯曲的模样毫无变化，笔却配合指头的动作在滚动。

世上怎么会有这么奇妙的现象？太奇怪了，简直疯狂。

我拿着笔，小声问旁边的内藤：

“这是歪的吗？”

“啊？”

内藤皱起眉，仿佛不懂我的意思。

他不会懂吧，而我也没办法解释清楚。不过，我明白一件事。

把笔看成歪的的人，只有我。

换句话说，是我……

是我疯了。

接下来我完全无心听课。

笔从头到尾都是歪的，我本来有点乐观，觉得隔一阵子就会恢复原状，还放回笔盒，但拿出一看，笔依旧是歪的。我摸摸弯曲的部分，确实是歪的，要用弯曲的自动笔写字，颇折腾人。

或者说，根本没办法写。

写出来的字歪七扭八。

我费了好大一番功夫，才把持住快要错乱的自己，一整天几乎没和任何人交谈。倘若去保健室，大家会为我担心，我不晓得该用什么理由，于是作罢。

午休时间，孝也担心地找过来，但我还是无言以对。

既然在孝也眼中，电线杆是直的，自动铅笔看起来一样是直的吧。况且，这种情况难以说明。就算说明，可能只会得到一句“你好奇怪”。

“我不要紧，谢谢。有点不舒服而已。”

我仅仅这么回答。

我沮丧不已，向社团请假，匆匆回家。

母亲带着既困扰又惊讶的表情迎接我。我放弃说明，同样拿身体不太舒服当借口。

进房换衣服，坐在桌前发了约二十分钟的呆后，我钻进床铺。

我想不到要做什么。

似乎睡得着觉。

吃饭喽，母亲叫醒我。不出所料，我睡着了。

醒来的我，未能免俗地处在恍神状态，完全忘记先前的烦恼，连现在是何时都迷迷糊糊，拖拖拉拉地应声“好”，便离开房间。

身体不适的设定早抛到九霄云外。

“你没事吗？”母亲讶异地看着我。

“怎么，你身体不舒服？”

父亲一如往常，头也不抬。

"装病吧？假的啦。"

弟弟总是那么惹人厌。

家中一如往常，可是……

虽然是装病，但也许不是装病。

或者说，会不会揭开来一看，全部只是一场梦？就算当成一场梦，也没什么问题。扭曲的是电线杆与自动铅笔，但现在没有电线杆也没有自动铅笔。在一家人围着餐桌吃饭的景象中，仅仅横亘着完全无异于昨天的平静日常。

"应该没事了。"

我应了一句，便开始用餐。

我的身体并没有不舒服，肚子照样饿了。

炸物、炒菜、沙拉。

好好吃哟，妈。

可是啊，不知怎么……吃得有点辛苦。我一直掉菜，或把菜弄出盘子。感觉手麻痹，还是指头在发抖。难道我是真的身体不舒服？

不是的，不是。

筷子怪怪的。

肯定没错。仔细一瞧，其中一根筷子的前端像漫画里的海盗钩爪般弯曲，很难夹。

妈——

我正想开口，顿时僵住。

不对。

是不是……筷子也弯曲?

我再次细看。

前端五毫米处软趴趴地弯曲。筷子应该是木头做的，不可能像这样弯曲吧。

要是折断我还懂，但眼前的筷子前端画出一个半圆。怎么可能变成这种形状?

跟电线杆一样。那么……

“这筷子没断掉吧?”

我朝弟弟亮出筷子。

我刻意问“是不是断掉”。

弟弟仿佛看着笨蛋，回答“没有啊”。

“怎么?筷子弯了吗?”

母亲关切道。也不是弯……

“喏，用洗碗机烘干，有时候会热弯。那筷子用太久了，换一根吧。”

“没关系。”

只是有点不顺手，我说。

换别的筷子，发现一样是歪的，该怎么办?

如果不是前端弯曲，而是手拿的部分弯曲，就糟糕了。

这么诡异的筷子不能用，会拿不住。现在这样有点难夹，但勉强能用。

从电线杆的例子来看，弯曲的部位昨晚和今早并无不同。要是弯曲的部位不会变化，维持现状比较好。

虽然有些没规矩，但我以盘就口，或拿正常的那根筷子戳菜，总算用完餐，丢下一句“我吃饱了”，随即回到房间。然后，我从书包里拿出笔盒，检查里面的自动铅笔。

果然是歪的。

一旦弯曲，似乎不会恢复原状。

不，看起来是歪的吗？不对，实际上就是歪的。

只有我这么认为。

去洗澡吧。

我冒出这个念头。

总觉得水很好。没有固定形状，无从弯曲。

更重要的是，我觉得洗掉类似身体污垢的东西，就会有所改变。

虽然不是遭到附身或作祟，净身也不能怎样，不过认为流个汗冲掉污秽，身体还有脑袋可能好转，应该不算离谱吧。

随便啦，我只想清爽一下。

泡进浴缸后，我陷入绝望。

柔软的蒸气蒙蒙升起，待上下起伏的水面平静，我不禁绝望。

水面凹陷，然后隆起。

眼前的热水仿佛被一颗透明的球压住，凹下一个圆洞。而另一头，像被推出凹洞般，形成一座圆形水山。

连液体……都扭曲变形。

不仅仅是热水。

水龙头宛如钻头，呈现拧绞的形状。

不知该说是钻头或弹簧，总之扭曲成螺旋状。

我试着打开水龙头，热水像龙卷风般边旋转边流出，简直是卡通画面。不管怎么想，这样的出水方式，肯定会把浴室喷得到处都是，但水流竟大大弯曲，落到水龙头正下方。

唯独那里是歪的。

也没有水花。仅仅在我的眼中，看起来像这种魔术把戏。

不。

不光是看起来而已，问题就在这里。物理上，水流影响着我。

因为我能碰到如漩涡般旋转的热水。

若是笔直落下的一般水流，就算以这种角度，从这么远的地方伸手，也摸不着热水。

然而，指尖确实触碰到热水。我的手濡湿，感受到热水的温度。确实有水的触感。

可是……

不管是电线杆、自动铅笔，或是筷子，在其他人眼中，形状似乎都十分正常。

那么，这热水的幻觉，旁人看来也只是普通地从水龙头落下吧。

然而，我的手怎么会濡湿？

距离水流约有三十厘米远。

我的手却接到水。

难道……

扭曲的其实是我？

旁人看来……会不会是我怪异地伸长手？

世界不动如山，是我扭曲变形吗？

我身陷整间浴室被旋涡吞没般的迷幻幻影，身躯尚未泡暖，就离开浴室。我努力不去看周围，回到房间，蒙上被子睡觉。

醒来以后，一切都会消失，一切都会恢复原状，这只是一场恶质的梦——

我在脑中念咒似的告诉自己。这都是假的、都是骗人的，这不可能，根本疯了，是错的。

醒来以后，一切都会结束。

我梦见身体融化，变成像烂泥一样黏糊糊。

岂料从梦中醒来……

状况益发恶化。世界抛弃了我。

门呈现波浪状。

楼梯变成视觉陷阱画。

我扭过身，穿越门口，小心不要踩空，一阶阶下楼，却在厨房忍不住惊叫。

“早。”

母亲招呼我。

不，那应该是母亲，可是……

我不认识这个人。那根本不是人类的脸。

脸是浑圆的，整个向外扩张，像透过鱼眼镜头看出去一样。

好比眼睛，完全跑到脸的两侧，根本就是鱼。

鼻子也扁塌，鼻孔往两旁延伸，恍若扑满的投币孔。

下巴不见，嘴唇如手操偶般一开一合。

大概是真正的母亲脸庞的一点五倍大。

太恶心了。我真的要吐了。那是怪物。

任谁都会尖叫出声。

我要跟这种东西生活在一起？

“怎么啦？”

声音听起来有些扭曲。

毕竟是从那么丑陋的嘴里发出的，音色当然会变得古怪。连声音都扭曲。

搞什么，这是在干吗？怪物在说话。恶心死了。

我别开脸，发现柱子也扭曲。不只是扭曲，完全呈螺旋状。

“我受够了！”

我无法忍受，冲出走廊。

弟弟在走廊上。

弟弟的脸……十分正常。

脸是正常的，但胸膛一带扭绞成一团。

可看到他背后的走廊，胳臂也随着扭曲。

还是很恶心。我要吐了。这根本不是人。

不，更重要的是，假如昨晚我的猜测没错，扭曲的……或许是我。

“姐，干吗，你怎么啦？”弟弟出声。

我不想再看到扭曲的家人。

父亲……看起来会是什么样？

我想都不愿想，直接返回房间。

连要回去，也耗费一番功夫。没有水平和垂直的地方吗？

好不容易进到房间，房内却变成无法住人的状态。

书桌像铁皮一样凹凹凸凸，衣柜弯曲成一弯弦月。

窗户也是，宛如倒映在水面的月亮摇摆着。

得换衣服才行，可是衣柜打得开吗？

我提心吊胆地试着开门，打得开。

打开是打开了，要怎么拿出来？

衣服会不会弯曲？

我环顾房间。

一身睡衣没办法出门。

我穿上姑且没事的制服。

连脸都没洗就步出房间。

感觉快晕倒。或者说，我整个人都晕了。

“你怎么啦，早饭呢？”乱了拍的声音传来。

光听到声音就够恶心，妈。我不想听到那种声音。

打开如游乐园镜子屋起伏的镜子般的门。

来到街上。

然后街上……

或者说整个世界。

不出所料，拒绝了我。

街道就像达利的画。

不管是道路或电线杆，看起来都一片软烂。

虽然实际上并不柔软，但看起来便是如此。

不仅视觉，对我而言，连走路都艰难。

踉踉跄跄过去。

在这边歪倒。

不时绊跤。

简直就像在挑战极限运动。

仿佛行走在地震之中。

路上行人皆是怪物。

轮廓像捏起麻糬般的老先生。

像弦月的脸。

像螳螂的倒三角。

像叠起来的摄影机蛇腹的人。

扭转的学生。

直角弯折的女人。

延伸到两米以上的人。

像菊石般一圈又一圈盘绕的东西。

屋子、店家、大楼、道路、天空，都一片软趴趴。

“西村。”

有人呼唤我。

回头望去，我看到孝也的身体。

只看到身体。我们身高相差很多，平常我不会仰望他。虽然不会仰望，但反正他肯定会露出“这麻烦的丫头”的表情……

孝也的身体上搁着一个怪玩意儿。

一定是脸。五官齐聚中央，无法分辨眼睛和嘴巴。那恶心扭曲的五官糊成一团蠕动着。

“你今天挺早的嘛。我要去晨练。”

这什么声音？或者说，这家伙是谁？恶心透顶。

我望着那开开合合、不停咕哝着，疑似嘴巴的物体，终于无法忍受。胃液从空掉的胃袋逆流而上。

我捂住嘴巴。怎么会有这种事？

“喂，西村。”

我捂着嘴逃走。

整个世界都扭曲了，没有任何事物是笔直的。上下、左右、前后皆变成旋涡状，每一处都在拒绝我。

倘若扭曲的是我，那我肯定已糊烂得面目全非。如同跳楼的人。

变得像阿拉伯花纹的电线。

像蠕动变形虫花纹的风景。

颜色与形状搅和在一块，不管去到何处，触目所及全教人头晕眼花。毒虫眼中的景色，就是这样吗？迷幻、超现实、立体主义、达达主义，简言之，就是乱七八糟。什么运动、理论、思想，连这些都乱成一团。支离破碎，如堕五里雾，极度危险，切勿混合。

然而，不知为何，只有我自己的模样，看起来是正常的。与其如此，不如干脆和景色融为一体，不晓得会多么轻松。

这到底是怎么回事？

我拼命跑过疑似人行道的地方，通过疑似车站前的地方。

绿绿软软的是树木吧，那里是公园？

乍看带刺的铁丝网，是入口大门？像现代美术雕塑的是溜滑梯吧？宛如鲸鱼肋骨的……是秋千？

那秋千重复着非常奇妙的运动。活动方式很僵硬、很离谱，却又以一定的间隔重复着相同的律动，想必有人坐在秋千上。

是小孩子吗？我猜测。

反正上头一定坐着融化的麦芽糖般的玩意儿。要转移目光，反倒受那不可思议的律动吸引。

是完整的人形。

是人形。

是人脸。

依体格判断，是五六岁的幼儿。

我踏入一片泥泞、高低起伏剧烈的公园荒地，接近秋千。

那是个古怪的孩童。

不，尽管古怪，他并未扭曲。

至于哪里怪，他的衣物颇怪。罩着面纱，披着长袍。

而且——

长相是大人。体形是小孩，唯独脸庞像大人，还是有些偏大的中年男子。但体态纤细，露出的皮肤白皙，肌理细致，犹如小女孩。

长袍配合律动轻柔飘扬。

啊！

这是观音吧。

刚这么想，古怪的小人便倏然一跳，在我面前着地。

尽管没扭曲，一样恶心诡异。

“汝没扭曲？”

是女人的声音。

那个小人仰望着我。

总是被俯视的我有些慌了手脚。

“哎呀、哎呀，可悲的姑娘。”

观音这么说。

“我是怎么了吗？”

“没怎么。”

“那是世界怎么了吗？”

“没怎么。”

“不可能。你知道什么吧？”

观音眯起眼，真的如同佛像。

“父母扭曲、弟弟扭曲、心上人扭曲、世界扭曲，全是自我心灵扭曲导致。一切源自遭父母疏远、弟弟排斥、心上人厌恶，汝却不愿正视事实，只看着假象而活。一直以来，汝所见皆为假象。”

“啊？”

这个人在胡言乱语些什么？

“不管是父母、弟弟或心上人的脸，汝都没仔细瞧过吧？其实汝根本不识得任何人的脸。汝只有一个人，一直是一个人。什么也不看，什么也不去了解，仅仅是活着。汝一次也没正眼瞧过社会、世界、现实，才会不知道世界的真实面貌。此景，现实也。”

“啥？”

“过去汝相信的世界，虚构也。”

“你耍白痴吗？”

我回嘴，小小观音露出不悦的神情。

“什么？”

"我说你白痴。"

"哦，何出此言？"

"这怎么可能嘛。"

根本错得离谱。世界怎么会因为如此俗滥的理由变成这样？

我露出轻蔑的眼神，恶狠狠地俯视观音。没空理这种白痴。

"学那种满口甜食的社会心理学家讲些似是而非的歪理，就想解决一切，你根本是三流货！连三百年前的科幻作品编造的理由都像话许多。怎样？你想说我其实是茧居族，过往人生全是妄想之类？这么愚蠢的话，亏你想得出来！"

"汝、汝这个遭天谴的！"

"吵死啦！"

我恶狠狠地踹了观音一脚，心烦意乱地回家。

观音哭叫着好痛，滚几圈，就离开了。

烦耶。

如同观音说的，我遭到天谴，身体变得软趴趴。

胳臂绕成一圈又一圈，脚呈波浪状扭曲，脸变得像团扇，还像加热过的蜡像般熔化。继续扭曲吧！扭曲得更厉害吧！跟大家一样扭曲吧！

啊，扭曲得好！

这一下，我总算能普通地过日子了吗？

见世物婆

怪奇婆

敬太心神不宁。

乘着风隐约传来的飕飕山音与汩汩河音，听起来就像钲鼓与笛声。

当然，那只是风声，离乐队伴奏开始还早。

外头依旧一片幽暗。

但敬太还是在意得不得了。这是六年一次的祭典。

他从没这么兴奋期待过。

祭典结束后，村子便要冰封在雪中。

刚下雪的时候，一朵朵轻飘飘，景象甚是美丽，一旦积雪就十分讨厌。烂糊糊的，掺和着泥土，显得脏兮兮。过了这个阶段，便是一望无际的皓白。不久，积雪超过敬太的个子，层层叠叠，愈堆愈高，成为一堵白墙。房屋、道路、森林、山，一切被覆盖殆尽，景色完全不同。

连门都打不开。

那种时候，敬太总觉得再也出不去。实际上虽非如此，用他仍会陷入不安。

雪是纯白的，却很黑暗。

白天在太阳照耀下，闪闪发亮，远望好似棉花般松软，其实是错觉。

雪是湿的，是冰冷的，是黑暗的。

冬季夜里，有时他会觉得是不是将被永远困住?

于是他抽抽搭搭哭起来，感到无比哀伤。天花板的屋顶上的厚雪上的夜空，漆黑得难以置信，且超乎想象的巨大、沉重，仿佛会被压垮。整个家吱吱呀呀地倾轧个不停。

只能罩上潮湿的棉被睡觉。

白天还好。冬季天空一片灰白，一点都不爽朗，但空气清新，偶尔会出现晴朗的蓝天。那种时候，他们会打雪仗、堆雪人。玩耍之际，什么都不担心。因为沉浸在游戏里。

只是，冬季的白昼短暂，蓝天瞬息转为灰色，一眨眼就到傍晚。

霎时，原本有趣的游戏道具雪，变成全然冰冷、可厌、潮湿、黑暗的东西。

屋顶上的雪轰隆隆粗暴落下，冰柱宛如利爪。

濡湿的衣服愈来愈冰，指头冻僵，肚腹深处骚然不安。

于是每到傍晚，敬太往往逃也似的跑回家。

即使坐在地炉旁取暖，松一口气，可是外头……

纯白的雪。

墙壁外头有雪，湿冷又黑暗的雪墙，一层一层团团包围，仿佛要勒住一样，将整个家冻得沁寒。然后，夜晚再度来临。

教人不禁觉得永远出不去。

所以敬太讨厌冬天。然而，敬太居住的村子，将近半年是冬天。春季来得晚，夏季短暂，秋季稍纵即逝，冬季沉重、强大、漫长。春、夏、秋加起来，才勉强拥有与冬天差不多的力量，敬太从小就这么认为。实际上并非如此，但至今他仍保有相同的印象。

冬天好讨厌。

说起来，村里没什么乐子。

玩耍十分开心，但那是刻意去寻乐子，并非有什么好玩的。

山、河、森林、原野和田地都很美，但只是存在而已。树木和草只是生长着，虫子和动物也只是活着。抓虫、爬树、尽情奔跑，确实好玩，不过，那只是在做好玩的事，并非本身多有乐趣。

由于没什么好玩的，孩子们得自行创造。

如果不努力寻乐子，就什么都没有。

必须主动拼命去寻乐子，才会觉得好玩。

大人只会工作。工作是理所当然，不工作无法过活，所以大人会给孩子活下去的粮食，但不会连乐子都备妥。

下田耕种，编织绳子，照顾牛只，煮饭打扫。一天过去，一个月过去，一整年周而复始。这就是生活。

要维持生活实在费力。

父亲不怎么说话。弟弟还年幼，不会说话。母亲太过忙碌，没空说话。

每个人都只是在做非做不可的事。

敬太是小孩子，没有工作。

不过，帮忙做家务会得到称赞，和大人一起工作，敬太不以为苦。他毋宁是喜欢帮忙大人的。然而，那并不好玩。尽管全神贯注会渐渐感到有趣，但和玩耍不一样。

可是，他不觉得难受。

生活本身没有难受或快乐可言。

生活就是这样，天经地义。

虽有不安，却无不满。家里烧着温暖的柴火，三餐温饱，便值得感谢。有家、有床、有饭，这样就足够。

他喜欢父母和年幼的弟弟。

真的没有不满。

虽然没有不满，但也没什么好玩的，这是事实。

没错。

提到好玩的事，顶多就是奶奶坐在地炉旁告诉他的故事。敬太最喜欢听奶奶讲故事。那是好玩的事。

奶奶会讲一些妖魔鬼怪、傻瓜和动物的故事。

妖魔鬼怪的故事很恐怖，傻瓜的故事逗趣又好笑，动物的故事相当有意思。

他总听得哈哈大笑、哆嗦颤抖或心跳加速，这就是好玩的事吧。虽不知是真是假，既然有趣，便不再重要。他不晓得世上有没有山神、田神、座敷神，也没看过山男、河童、野狼，但应该存在于某些地方吧。

山男、河童和野狼，冬天都怎么办呢？

在又湿又冷又黑、被大雪覆盖的山野，要怎么活下去？

不会死掉吗？敬太疑惑。

神是不会死的吧。

人们会在神坛和祠堂，还有雕刻着神像的石头前放上供品，但那些东西没有被吃掉的样子，几乎都被乌鸦啄光，再来就任其腐烂、干涸、崩解。

既然什么都不必吃也无所谓，神是不会死的。就算冷，神也不在乎吧。

可是，动物不会死吗？

会死吧。

牛和马也会死。即使拴在畜舍，按时喂食，悉心照顾，依然会死。小时候敬太曾目睹过马死去的光景。

那么，没有家，也没有人喂食的山野动物，岂不很容易死掉？渺小的动物不可能抵挡大雪。暴露在漆黑的冬夜里，不可能毫发无伤。何况，所有生物难免一死。

奶奶在去年逝世。

全村合力办了葬礼。

埋进土里，献上祈祷。

奶奶像神一样受到祭祀。虽然记得不太清楚，死掉的马似乎也是如此。

一旦死去，就不会再害怕大雪、夜晚，以及冬天。或许是这些死掉的东西慢慢融合在一起，最后变成神？在奶奶的葬礼上，敬太暗暗想着。

奶奶变成看不见的存在，再也听不到奶奶的故事。

真的没有任何好玩的事了。

不过，这也没办法。

只是有点寂寞。

"总有一天，爸爸和妈妈都会离开。你要好好活下去。"父亲这么说。敬太许久没听到父亲的声音了。

敬太十一岁，马上就要十二岁了。

他在村郊的分校上学，不过全校只有九个学生。

另外八个都比他小。两个五年级学生，四年级没人，三个三年级学生，一个二年级学生。一年级有两个小鬼头。唯独敬太是六年级。

待讨厌到极点的冬天过去，明年春天敬太便要就读镇上的中学。由于路途遥远，得起个大早。天气温暖还好，冬天怎么办？敬太烦恼不已。

想到冬天，心都要凉半截。

他不愿在冬季天空依然昏黑沉重之际，就离开家里。

更何况，有办法去外面吗？

不会刚踏出家门，随即就被又湿又冷又重的天空压垮吗？

敬太绝不是讨厌上中学，但一想到这件事，便心情郁闷。

他不想踩在又冰又黑的积雪上，留下洞穴般的脚印，形单影只在雪中沙沙行走。他担心能否走得动。

他也不想吸入会把鼻腔深处冻到发痛的冰冷空气。那会让胸口整个冻结，变成透明。

如果刮着风，鼻头、指尖和脚尖，绝对会变得像冰一样。

如果天气不佳，甚至下雪，肯定会遭到活埋。

然后变成雪块。如果独自一人，就不会有床铺、天花板和屋顶来保护渺小的敬太。

他讨厌冬天。

小学生活最后一个冬天近在咫尺。山中红叶早枯黄掉光，田里的稻子全部收割完毕，视野开阔许多。稀疏的风直吹到远方，冬天降临。

可是，不，所以……

敬太不再思考未来。

反正将变成大人，一年一年老去，直到死亡，冬天每年都会造访。既然是无法改变的事实，想也没用。

相较之下，眼前最重要的是祭典。

他这么认为。

那算是村祭吧。其他村子，似乎每年都会举办夏祭或秋祭，但敬太的村子每六年才办一次。上一次的祭典，敬太还没上小学。再之前的他就不清楚了，毕竟刚出生，没办法。

祭典非常非常惊人。

人数会变成平常的十倍甚至百倍。

邻村，以及更远的村子——

不，包括镇上，会有许多人来参加。那是敬太生平初次看到那么多人，奶奶的葬礼虽然全村出动，依然比参加祭典的人数少。世上的活人仿佛都聚集在此。

当然不可能。

六年级还说这种话，会被当成大傻瓜吧。

村子周围有数不清的城镇，那些数不清的城镇聚集起来，变成国家，而世上有数不清的国家。

这个世上住着难以一眼望穿、几乎是无穷尽的非常非常多的人。

可是——

在当时年幼的敬太看来，犹如全世界的人齐聚一堂般热闹。

那应该是错觉，但敬太的感受千真万确，而且也不算错吧。

平常——

像是无悲无喜，只是平板、默默工作、活着的大人，会大声交谈笑闹。他们涨红了脸，穿上颜色与平常不一样的衣服，又唱又跳，大声喧哗。

敬太极为诧异。

父亲笑眯眯地大声说话。

还有琳琅满目的美食。

四处挂上从没见过的装饰品。拉起注连绳、燃起火炬，祭祀起稻草编成的大人偶，每个地方都改头换面，村子好像不再是村子。

充满活力。

光是这样，敬太便莫名兴奋。

平常——

只听得到鸟叫、风声、大人工作声的村子，此刻却有钲鼓声、笛声响彻周遭。

敬太从未听过那样的声音。

除了佛坛的磬，或神社的铃之外，村子里没有会发出声响的东西。

敬太听过奶奶和母亲唱歌，但祭典的时候，他才知道原来男人也会拉开嗓门儿大声歌唱。钲鼓和笛子响个不停。好厉害、好厉害。

心跳加速。

兴奋不已。

血液仿佛流动起来。

许许多多的人高声欢笑、歌唱、跳舞，好厉害、好厉害。

人们穿着金光闪闪、华丽到难以置信的衣服跳舞。金、银、红、绿，平时看不到的颜色目不暇接地旋转。就像神一样。

戴面具的人、脸涂成白色的人、披着什么的人。

每一个都好像神。

神乐。

伴奏。

神轿。

是活生生的，是活着的。

扑通、扑通、扑通，敬太的心脏随配乐的节奏愈跳愈快。当时他心想：原来世界如此欢快。

祭典好厉害，好欢乐。

好有趣，好好玩。

敬太完全被俘虏。

只有举行祭典的那几天，村子不再是村子。日常作息停止，活着的人全和神明或亡者一样，变成一种缥缈不定的存在。绝对不是死了，毋宁更加生龙活虎，唯独这段时间，仿佛身处不同场所。在变得不是村子的村子里，变得不是人的人，唱歌跳舞、大吃大喝、欢笑喧闹。

大家一直抿着嘴，低着头，成天工作，然后在那几天变得和神明或亡者一样，确定自己活着，又像把什么积存起来，继续沉默、低头，整日工作。

平时不晓得在哪里的神，唯独祭典期间会加入人潮吧。加入其中，融为一体。

多么美妙的日子。

敬太完全着迷。

不必刻意投入，仍乐在其中。

不必刻意去想什么好玩的把戏，一样好玩。

好玩的事降临。

原来有这种情况。

如此美好的祭典，每年都会造访其他村子。

在讨厌的冬季来临前，在冬季不见踪影的夏季里。

可是，敬太居住的村子，每六年才有一次祭典。

是敬太的村子比其他村子穷吗？或者是做了什么坏事的惩罚？敬太相当羡慕每年举办祭典的村子。他问过奶奶，为何是六年？为何得等那么久？

“习俗就是如此。”奶奶仅仅这么回答。

不过，由于每六年才一次，敬太村子的祭典，据说比其他村子的豪华盛大。

前一晚还有庙会夜市。

从闹哄哄的人群、从大人之间，敬太窥见许许多多的东西。

糖果、点心、玩具、面具、饰物，等等，全是村子里的店铺没有的、令人觉得棒透了的东西。是比新年的饰物花俏艳丽十倍甚至百倍的东西。

每一样都闪闪发光，光彩夺目，甚至点起好多灯泡。

家里只有四五只灯泡。按下开关，就会变得明亮，但夜晚的势力果然不容小觑。灯光不敌夜晚。尤其冬夜的黑暗，势力更为强大，灯泡微弱的光芒全被吸进去。屋子有墙壁，能容光驻留，若没有墙，即使开了灯，仍会一片黑暗。

然而，夜市挂着好多抵抗黑夜的强力灯泡。

亮得仿佛连自己都要晕开。

还有举动滑稽的艺人。

他们又唱又跳，念着奇妙的语句，发出陌生的声音。那应该是所谓的特技或魔术，年幼的敬太看不明白，大人却指着他们愉快发笑，而且不像在做危险的事，所以他大概跟着一起笑了吧。

有陀螺兀自旋转着溜过绳索，敬太记得十分清楚。

还有会变脸的人。卖糖、卖面具、卖陀螺的，皆为外地人，不知来自何处。

一个像咒术师的老人，发出古怪的低吼，有点可怕。

那恍若在哭。

一切的一切。

始于六年前。

时隔已久，又或许是年纪太小，记忆混杂，变得暧昧不清。有些地方相当明确，但整个回忆犹如一场梦。实际上，敬太觉得那就像一场梦，可能真的是一场梦，视野一片朦胧，夜市的灯泡、伴奏的音乐、绚丽的衣裳全混合在一起。

不过很好玩，唯独这一点绝不会错。

此外，还有一个那不是梦的证据。

就是祭典又要来了。

这不是梦，是真的。

大人们从好几天前就一直在准备，整个村子浮躁不安。

心神不宁的不只敬太。

连父亲都静不下来，做出许多平日不会做的事。

学校也不例外。老师说要准备祭典，不用上课。

由于不必念书，大伙儿开心玩耍，但敬太不想和低年级学生一块儿玩。

因为——

祭典就要来临。

然后，那一天真的到来。今晚便是祭典前夕。

兴奋难耐，心跳加速，实在等不及夜晚。

敬太溜出被窝，望向窗外。

人群尚未聚集。

广袤空旷的村景徐徐沐浴在阳光下，染上色彩。

远山一隅格外明亮，恍若只有那里的云层分开，而后亮光逐渐扩散到山中，一眨眼外头就变成早晨的景色。

变亮了。变亮了。

母亲说，上午便要着手准备。

今天、明天和后天学校都停课，敬太打算从准备阶段就开始帮忙。虽然不清楚要做些什么，但似乎有小孩子能帮忙的事。约莫是帮忙装饰、打扫，或搬东西吧。

父亲说，总之你认真学着。

明年你就是中学生。

父亲这么叮嘱。毕竟每六年才有一次，罕有机会教导。下一次祭典，敬太便是十八岁。十八岁，不再是小孩子，是该负责筹备的年纪。好好学着，没有坏处。

可是，准备工作尚未开始。

离早饭还有两个钟头。

母亲起床了吗？大概已起床，在煮早饭了吧。再怎么样，也不可能一大早就在忙祭典。太早了。然而，敬太十分清醒。明明平日总拖到母亲叫吃饭才会起床。

明明连睡到那时，眼皮都沉甸甸，身体懒洋洋不听使唤。

毕竟是祭典嘛。

敬太凝神细看。

山峦，然后是森林、田地、村子，没有任何活动的迹象。

空中似乎有乌鸦或鸢在飞。还可能是别的鸟。

那座树林再过去就是神社。

另一端是村子的边界。

置有道祖神[①]的小河，渡过河上小桥就离开了村子的范围。

在通往村郊的树林与田地的边境路上……

那是什么？

有什么在移动。不是马，是人。好几个人。约莫十来个吧。

只见人们推拉着三辆大货车。车上载着旗帜、许多竹竿、草席，以及大木箱。

“啊！”

敬太发出惊呼。虽然小声，却十分响亮。

那是怪奇展示小屋。对，是在神社后方森林开张的怪奇展示小屋。那旗帜与六年前看到的一样。就是插起那些竹竿，铺上草席，搭建小屋。没错，没错。

敬太亲眼所见。

两旁是夜市的神社参道，一路绕到神社后头。

不准去。

不行，那是要钱的。

那不是给小孩子看的。

① 祭祀于村境、山巅或十字路口的神。据说能防止灾祸恶灵，守护行旅安全。

没错，奶奶制止我。不，母亲，还有面粉行的大哥，每个人都阻止我。

别去别去。

只会被吓哭。

那非常吓人噢。

可是……

来哟来哟。

乡亲父老、兄弟姊妹快来瞧瞧。

大人十元，小朋友五元。独眼半价，瞎子免钱。身怀六甲的多一半。

大伙儿来看哟，张大眼睛仔细看，看看这可怜的孩子。

这孩子出生于更北边的虾夷地十胜国[①]，石狩川的上游。

父母的因果报应在孩子身上。

啊啊，啊啊，真想去瞧瞧。

粗哑却气势十足的流利话语随风传来，断断续续，听不真切。到底是展示些什么？好想看，好想看，好想看。

混账！

喝醉的父亲叱骂敬太。

① 虾夷地是江户时代日本人称呼原住民阿伊努人居住的地方，主要是现在的北海道。十胜国是明治时代北海道的地方分区之一。

告诉你，那些玩意儿全是骗人的。

靠骗人赚钱，跟小偷没两样。

什么蛇女、熊姑娘，世上哪有那种东西。

即使存在，也不能展示出来。

那是坏事。

不可以有想看的念头，否则会遭天谴。

听着，敬太，那个啊……

那不是能在神明面前做的生意，才会躲在神社后头的森林里。

因为心虚。

因为是坏事。

不敢在神明面前堂堂摆摊。

全是骗人的。

平常不怎么开口的父亲严厉责骂，敬太不禁沉默。尽管沉默，他并未被说服，只是压抑着情绪。若光是想看就会遭天谴，显然为时已晚。父亲给敬太零用钱，告诉他与其去看那种玩意儿，不如去买糖。

于是，敬太去糖果摊买了糖。买了糖。

小登。

对了，他和秤行的小登一起吃糖果。平常根本吃不到甜食，糖果简直是人间美味，两人舔个不停。赞叹着好好吃，好甜，舔得浑然忘我。糖转眼就吃光，然后敬太和小登……

小登呢？

究竟怎么了？

秤行的小登，不是敬太的同班同学吗？他们同龄。因为她说要跟他一起上小学。

可是小登不在了。

不，她始终不在。

五年之间，敬太的学年只有他一个人。

是搬家吗？迁往其他村子？从没在学校见过小登，是入学前就搬走了吗？

不，秤行的叔叔和阿姨都在。至今依然健在。

只有小登不见了。不知不觉间，消失不见。

她是怎么了？

敬太寻思着，回想起鸟居旁的石狮子。那里有块石头，人群吵吵闹闹地来来去去，听得到乐器声。敬太坐在石头上，跟小登一起舔糖果。

来哟，快来开开眼界。

那究竟在展示什么？真想瞧瞧。

对呀，真想瞧瞧。

两人跑到参道后面。在夜市后方草木丛生的小径上跑着。

当时年纪那么小，而且是夜晚，自己真的做了这种举动？不害怕吗？不，他满不在乎。

因为那天是祭典。

人和不是人的东西混在一起，他觉得不会有事。

父母的因果报应在儿女身上，于是生出这样一个孩子。

啊啊，看到了。

我看到了。

敬太清楚地回想起来。他和小登穿过树木间进入森林，靠近神社后方覆盖草席的小屋，偷偷掀起那块席子。因为没钱，无法从入口进去。不，即使有钱，也进不去。他没有五元那么多钱。

然后……

不，就到这里。

他只能回忆到这里。没错，敬太和小登一块儿去怪奇展示小屋后面。他们掀起草席。

在那里，里面……

敬太脱下睡衣，换上常服，前往厨房。

母亲果然已睡醒，在炉灶旁生火。

“妈，小登……”

母亲回头，一脸疑惑。

“小登怎么了？”

“小登？秤行的登与子吗？你不要紧吧？睡迷糊啦？”

“才没有，只是莫名其妙想起来。”

“想起来？你……”

母亲眉毛一歪，露出悲伤的表情。

“嗯，那是……对，是上回祭典的时候。”

“祭典？”

“你不记得？六年前的祭典前一晚，你和登与子一起神隐。”

“神隐？”

“被神藏起来。”

“你们一起消失不见。”母亲继续道。

小登不见了吗？不见了……

不，可是，那天晚上，是祭典前一晚。既然这样……但不可能吧。敬太隔天欢欢喜喜参加祭典。不，也许是大人，是大人们……

“我出去一下。”

敬太跑向外头。“你上哪儿去？要赶快回来啊！”母亲在身后喊着。

怪奇展示小屋。去问那怪奇展示小屋的团员，或许能得知详情。

敬太趿着拖鞋，冲出门口。外头颇冷，可是还不到冬天，没问题。

他飞快跑着，必须在他们进入森林前赶上才行。跑过田埂，径直前进。家家户户的炉灶升起袅袅炊烟，黑色的、生活的线条攀上天际。穿越收割完的田地，通过十字路口，超过地藏像，来到树林前。

剩下的路途就是一条直线。

敬太是分校跑得最快的学生。毕竟他年纪最大，理所当然。

不久，神社后方的大片森林映入眼帘。

他在森林入口附近看到那旗帜。

喂、喂，等一下！

是怪奇展示小屋的一行人。

那片……

那片草席另一头，是什么？那天晚上，敬太和小登看到了什么？父母的因果报应在儿女身上，生出了，生出了……

究竟是什么？

“等一下！”

队伍末尾的大叔停住脚步。

“怎么，小子，有事吗？”

“你，你们六年前来过吗？”

“噢，六年前来过，十二年前也来过。在那之前，还有更之前，我们一向都会过来。”

“那，那样的话……”

“你们知道小登在哪里吗？”

敬太问。上气不接下气地问。他铆足劲儿奔跑，几乎喘不过气。

“小登是谁？”

“我，我的同学。六年前消失不见了。”

“我们可不是绑架犯。”

叔叔大笑。

“这么一提，发生过一场骚动，似乎有小孩被天狗抓走，还是被狼吃掉，记不清楚了，毕竟是六年前的事。我们去过很多地方嘛，一直四处巡回旅行。”

“那……”

那个箱子里装着什么？

当时，敬太目睹了什么？

“箱子？不能让你看。这个啊，小子，是我们的谋生道具。即使你拜托，也不能让你看。我们啊，从很早以前就云游四方，靠着让人看这箱子里的东西过活。等小屋摆出来，你再带着钱过来吧。交钱就让你看。”

“那，那和六年前一样吗？”

“当然。六年前、十二年前、再之前、更之前、更早更早以前，始终是一样的东西。我们一直带着这个箱子，在全日本巡回。”

“一、一样的东西，还有客人要看吗？”

“当然。你不也是吗？六年前你没看到吧？”

“呃，不。”

我看了。

“我看到了。”

“那你晓得里头是什么吧？”

父母的因果报应在儿女身上。

“我看了，可是……”

生下来的……

怎么可能把生下来的孩子装在箱子里？

根本不可能。遑论六年前、十二年前、再之前、更之前、更早更早以前，都是如此。

那究竟是何时出生的？

咻咻。

咚咚。

锵锵。

祭典开幕。还没准备。早饭没吃。不对不对，这是敬太的心跳声。是敬太体内的血液循环声响。是敬太头盖骨倾轧的声响。

掀起草席，里头是——

“是冬天。”

“没错。这箱子里啊，装着冬天。装满你最痛恨的、又湿冷又沉重又黑暗的冬夜。在里头蠢蠢欲动，想变成堆积在你头上的雪，想冻僵你、压垮你。”

不要……

不要说那么吓人的话。

大叔笑了。大声地笑。

“瞧你吓成那副模样。小子，你那么讨厌冬天？”

敬太点点头。

“我也不喜欢冬天。”大叔接着道。

“天一冷，人就忍不住要蜷缩身子。尤其我们云游四方，碰上冬天实在糟糕。手脚受冻，便有凄惨的感觉，不想前进半步。何况，一旦下雪，对无根浮萍般的我们太难熬。所以每逢冬天，就会前往不下雪的地方。”

原来世上有不下雪的地方吗？

“所以不可能把冬天装箱搬运。”

“可是……”

没错。

那里头是白的。一片白。一片雪白。

那是……

喂喂喂，大叔又笑。

“我不晓得你有何误会，但我们展示的是人面牛、河童干之类，不是蛇女或蜘蛛男等活物。那种东西撑不到几年，行不通。如果是死物，放个一两百年没问题。我们就像这样，一两百年来不停巡回。”

大叔说着，迈开脚步。

不，那不可能。

巡回一两百年，根本是骗人的吧。那么久以前，你根本还没出生。如果那个时候你就活着，现在不可能活着啊。而且河童干什么的，看一次就够，谁会想一看再看？

既然如此，箱子里……

那箱子里装的会不会是小登？

这个想法冷不防浮现在敬太脑中。

万一真的是……

万一里面装的是小登，小登应该不是以前的她了吧。

那个箱子里，是不是从那一天、从六年前，就禁锢着变成不晓得是蛇或蜘蛛，总之是恶心玩意儿的小登？

啊啊，太可怕了。果真如此，不就是敬太害的吗？不是敬太提议要去看的吗？

还是相反？虽然不记得，但没有敬太，小登不会想一个人去看。小登被塞在又湿又冷又黑的箱子里，碰到恐怖的遭遇时，敬太乐呵呵笑着吃点心享受祭典吗？而且六年之间，一直把她给遗忘了吗？未免太残酷。

这实在过于残酷。

“小，小登！”

敬太朝往森林前进的一行人喊道。

不料，箱盖发出“咔”一声后打开了。

一个满头蚕茧般白发、巨大得吓人的可怕老太婆，从箱子里挤出来，甩动皱巴巴的脸、乱蓬蓬的白发、松弛的颊肉……

“敬太！”

用像狗、像小登又像老太婆的嗓音吠一声。

老太婆旋即缩回箱中，盖子也覆上。然而，敬太清楚地忆起，席子里是那个古怪的老太婆。是那个像冬天，像他最痛恨的雪的老太婆。一两百年来，那个老太婆都是相同模样吧。如果产生想看的念头，便会如父亲的警告，遭到天谴。那是不对的，因为——

小登被一口吞下。从头被吞下去。

啊，真的遭天谴了。无可奈何。

敬太无精打采地转身回家。

为了回家吃早饭，帮忙准备祭典。

阿杢

もくちゃん

在过去。

不管任何城镇，至少都会有一两个令人头疼的人。

说是令人头疼，也不是一般那种令人头疼。

无论怎么形容，都会变成歧视性说法，难以三言两语解释清楚，简言之，就是肉体上虽然没什么缺陷，但在一般社会生活上，可能遭遇一些困难的人。

若在现代，他们应该会被冠上“发展障碍”或“行动障碍”之类的病名吧。不，或许有些例子，会诊断为更严重的疾病。

但在过去，他们被视为令人头疼的家伙、怪人、没用的人。

当然会受到厌恶，也会被瞧不起，敬而远之。

可是，我认为应该不同于轻蔑。

简单地讲，他们不被放在同一个水平上看待，大众才会是那种反应吧。不是所谓的歧视，因此会责骂他们，也会伸出援手，最后还是没个了局，于是会疏远、咒骂，也会指着他们笑。

现在不能这样。

倘若发笑，会遭指责是歧视。

不过……在论及歧视前，那些人早从城镇里完全消失，罕有机会遇上。我不认为是数量减少，只是看不见了吧。

有点寂寞。

话虽如此，一旦发生问题行为，仍会遭到隔离。即使没那么严重，要是难以自食其力，便会被送到相关机构，或受到照护与监视。这应该是不得不采取的措施。在现今社会，不管是他们想普通地生活，或与他们一起生活，都变成几近不可能的事。

不过，以前情况不同，颇有全村合力照顾那种人的感觉。纵然不知会照顾到什么地步。

我上小学时住的城镇，有个叫长助的男人。

本名不详，我猜并非长助。这么喊他的主要是孩童，大人不如此称呼。至于大人怎么称呼他，我一次都没听过。

长助大概四十多岁，或超过五十岁——

在孩童眼中，已是中年人，其实可能才三十几岁。年龄不明。

长助会站在上下学路上，张着嘴巴——

真的是整个大张，不停傻笑。虽然不是每一天，但一个星期起码会碰到三次。他浑身脏兮兮的，拿着破洞的大黑伞。那把伞非常大，即使下雨，也不曾打开。遇上下雨天，长助往往湿淋淋，无数雨滴落入他张大的嘴巴，再满溢出来，说多脏就有多脏。有一次，附近大婶看不过去，为他撑伞，长助竟勃然大怒。

不曾用来遮雨的大黑伞，偶尔会在晴天打开，长助似乎透过伞上的几个破洞，眺望蓝天。

长助没有工作。有时他疑似会捡来几双胶靴或工作手套摆在地上，喊着十元、十元，当然没人买。不知为何，每回陈列的都是胶靴和工作手套，颇不可思议。

孩子们有点害怕长助，有点讨厌长助，又觉得他有点好玩。然后，我认为还有一点点怜悯。情感比例因人而异，害怕的会逃开，觉得好玩的经常逗弄他。从长助经常出现在上下学的路上看得出，他应该喜欢小孩。如果追他，他会跑；如果跑，他就会追，多半是笑嘻嘻的。

唯有顽童乱扔石头，长助会生气。

若发生在现今，会演变成重大问题。扔掷石头逗弄人的行为有问题，但会被视为严重问题的，是出现在上下学路上的长助。

不管怎么看，他都是可疑人物。

最近的风潮是，等出事就太迟，得防患于未然，往往搞到真正出事时却无能为力。实际上究竟如何？防范得再滴水不漏，仍会发生超乎预期的情况。该发生的就会发生。建立一套机制，以便出事时能确实解决，才叫危机管理，可惜最近的舆论导向并非如此。

具有危险性的东西，不管三七二十一先排除准没错——

是不是大多数的人，都认为这便是所谓的正义？

直到不久前，人们的想法都还是即使看起来危险，也不急着排除，会设法与其共存。

确实，对于共同体而言，长助不是理想成员。若有万一，极容易引发无可挽回的事故。正因如此，更需要悉心支援、巧妙控制，防止悲剧产生——

往昔大伙儿都是这么努力过来的。尽管没特别规定，却是天经地义。

与他们共存，是一种默契。

除了长助，镇上还有一个叫阿六的年轻人。

阿六和长助不同，姑且算有工作。

事后听闻，阿六是泥水匠学徒，只是从没见过他工作的模样。

阿六主要出现在堤防。

他约莫二十岁，通常穿工作服，夏天则只穿一件汗衫，面对河川，但并非在看河。

阿六什么都没在看。

阿六总是眼神涣散。要是有小孩进入他模糊的视野，他会面无表情地挥手，不然就是在摘花，双手抓着满满的蒲公英，有时会大口大口吃下蒲公英。

孩子们都随便乱说阿六，比方他是铁胃人、他家很穷没东西吃，或者他其实是头牛。

尽管面无表情，但阿六人很好，有些孩子偶尔会跟他一起玩。阿六不会做坏事，但经常大小便失禁。当他不小心拉在裤子里，多半会哭着回家。

虽然不晓得他有没有家人。

可能是附近的人在照看他。

可能是泥水匠师傅在照顾他。

长助在我上小学四年级的春天忽然消失。

谣言四起，有人说他死掉，有人说他住院，有人说他被警察抓走，有人说他突然恢复正常，返回故乡。不能问大人，感觉就算开口问，大人也不会知道，所以在孩子之间，长助变成传说人物。

至于阿六，有人看见他被送上救护车，载往什么地方。后来他返回镇上，却再也不见人影。不晓得是受了伤？吃到不好的东西？还是原本就患有什么病？有人目击阿六坐在泥水匠家的缘廊，恍惚吃着杂草，或在山上医院死气沉沉地盯着铁窗外，真相无从得知。

此外，还有早安大婶和十元阿公之类伤脑筋的人，但我记忆模糊。

上中学前，我们全家搬到同一县稍远处的小镇。卖掉老旧的透天厝，买下公寓的一户。

这次距离微妙的搬家，似乎勉强在父亲可通勤的范围内。

毕业前一周，我从亲戚家上下学，小学生活一结束，便离开生长的城镇，进入陌生城镇的中学。

那座城镇也有令人头疼的人。

大伙儿称呼他为阿李。

本名不详。他家门牌上的姓氏是“田所”，约莫叫田所某某，也许不是。

不，似乎不是。

唯一能确定的是，虽然众人唤他阿李，但他的名字里没有“李”字。

阿李，是阿李邻居孩童的名字。那是我的同学龟山李太郎。他才是正牌的阿李。

既然如此，隔壁家的男人怎么会叫阿李?

每次看到龟山，那男人便会顿时破颜，喊着：

“阿李！阿李！”

那个时候的男人，像是在哭，又像是在笑。一般“破颜”是形容笑脸，不过原意是指笑得破坏表情，说是“破颜”也不算错。

那是犹如女鬼面具，但稍减尖锐的表情。

起初我着实受到惊吓。

无法忘记龟山李太郎当时厌恶的反应。

龟山李太郎的家，约莫在我家和学校的中间，我们经常一起上下学。那次，我记得同行的有五六个人。开学三个月后，我逐渐习惯新环境，就是那样的时期。

包括大块头、有点粗鲁的桑原梅男，和愣头愣脑的山边大介。

其余应该还有两人。

龟山杢太郎留三七分头，外表文弱，却肤色黝黑，给人寡默的印象，但兴奋起来，声音相当刺耳。那个时候，我尚未和同学完全打成一片，也不到被视为外地人般生疏，有种退一步观察的感觉。

一群人慢吞吞走回家，差不多快看到龟山杢太郎家时，传来那道声音。

“阿杢！！”

“噢，阿杢出现了。”

桑原说。我不懂他在说什么。

龟山在学校被唤作阿龟或阿杢，我以为有另一个阿杢，于是望向声源处。

“阿杢！”

看上去……年约五十岁，对方穿色泽暗淡的皱巴巴毛衣，底下只套着有补丁的衬裤，脚上趿着拖鞋。胡子浓密，眉毛淡薄。

之所以看起来脏脏的，是胡子里掺杂白须的缘故。然后，不知是大平头留长，或原本就是那种发型，长度颇尴尬。总之，头发不怎么长，却纠结在一块儿，形成古怪的卷度。眉头深锁，眉尾下垂，张着大口，撇下嘴角。

在哭吗？

还是在笑？

“阿杢！”

对方指着龟山喊道。与其说是“指”，更接近恳求的姿势。

“喏，阿龟，人家在叫你。”

桑原出声提醒，龟山一脸厌恶。

“去啊。”

“不要。”

龟山是真心厌恶。

他啧一声，别开头。

没多久，山边便模仿起阿杢。除了我和龟山，每个人都七嘴八舌，“阿杢、阿杢”地鬼叫。男人也不服输地大喊。

“阿——！”

“住口啦，白痴！”

龟山暴喝一声，越过朋友之间，跑过男人面前，冲进自家。

看起来是真的生气了。

我当场愣住。

我不晓得该有何反应。龟山一消失，男人顿时沉默，站在原地仰望天空。起哄的众人也沉默下来。

我们有些尴尬地经过男人与龟山家，桑原向我解释：

“那个人啊，是住阿龟家隔壁的。脑袋有点这样。”

“这样？”

桑原食指抵着太阳穴，做出用力钻进去的动作。

“这样啦。在这一带蛮有名的。”

是有点令人伤脑筋的人吗？

“不是有点，那人蛮严重的。”山边纠正。

我立刻明白，是属于长助或阿六之类的人。

“那个人啊，每次看到阿龟，就‘阿杢、阿杢’地哭叫。”

“哭叫？”

“啊，不是伤心哭泣，而是像乌鸦或狗那样鬼叫。那是叫声，不是人话。我从没听他讲过别的字。”

“我也是，我也是。”众人七嘴八舌地附和。

“他啊，喜欢阿杢。”

“他爱阿杢？明明是大叔耶？”

“好恶心！”

顽童们哈哈大笑。

我也跟着笑。

虽然笑了，但龟山临去之际表现得实在太厌恶，我无法打心底里开怀地笑。那个人和长助或阿六不一样，只针对龟山，而且住在隔壁，想躲都没得躲，龟山才会那么讨厌他吧。

设身处地地一想，那种情况实在讨厌。

男人应该没恶意，又不能露骨地排挤他，尤其对方还是邻居。这样一来，嗯，真的很讨厌。而且朋友的捉弄也令人讨厌吧。

隔天。

上学途中，我悄悄观察龟山家的邻居。

龟山家是普通的双层透天厝，蛮大的。他有两个姐姐和一个妹妹，祖父母也住在一起，是个大家庭。庭院之外，设有大门，称得上豪华。

可是，隔壁家却不一样。

由于先前不曾留意，我没发现隔壁家其实相当诡异。

那是一栋木造平房。说是木造，外面也不是抹灰泥，墙壁是木板。屋顶是铁皮，多半锈蚀或脱落。占地广阔，建筑却非常寒酸，多余的土地杂草蔓生。不见大门或围墙，仅以竹篱区隔土地，但几乎都已腐朽。简言之，是近来难得一见的老房子——

不过，当时这类屋子随处可见，并不突兀。

那个家灰蒙蒙的。

恍若唯有那一处遭遗弃。可能是采光不佳或没维护，也可能只是脏污，一言以蔽之，或许可归为不祥。

有个词叫“凶宅”，完全就是那种感觉。当然，初中生的我不知道那种字眼，只觉得那屋子散发着不好的气息。

我停下脚步，望向玄关。

玄关挂着格格不入的大门牌，写着“田所”。

我漫不经心地想着“这家人姓田所啊”，龟山家的门打开了。

是龟山。

早，我开口打招呼。龟山应声“早”，虽然有气无力，但跟平常没两样。

“喂，你在这里干吗？”

“呃……就……”

我不敢回答在看隔壁家。

“快走吧。”龟山催促。

“欸……”

我视线游移。龟山似乎察觉我的疑问。

“咦，隔壁的人吗？我不知道啦。超讨厌的。”

“不太正常吗？”

不正常、有病，龟山一脸唾弃。

“果然不正常。”

“不，要比不正常更甚，阿桑他们才不正常。太过分了。”

“我不太清楚，可是那人会那样，有特殊理由吗？”

“我可没出手。”龟山说。

“我什么都没做。为何大伙儿要叫隔壁的人为‘阿杢’，我实在一头雾水。”

“呃，大概是听他这么叫你吧？从以前就这样吗？”

“以前……”

“‘以前’是多久以前？”龟山语气不悦。

“昨天他不是第一次这么叫你吧？毕竟大伙儿都拿这件事取笑你。”

“居然拿来取笑人，好过分。”

“你果然是真心觉得讨厌。”

话说回来——

“他干吗叫你？”我问，龟山说不知道。

“会不会有什么事？”

“或许吧，不过与我无关。”

龟山似乎彻底厌恶那个人。回头一看，那个人站在家门前，目不转睛地盯着我们。

他的视线让人不太舒服，我不禁加快脚步。

那天，我从桑原口中听到奇妙的事。

“那个阿李啊，曾经要强上阿龟。”

“强上？”

“我看见阿李抓住他的头，亲了他。”

“亲他？骗人的吧？”

“我当场目睹。对方就是那种人。”

跟现在不一样，在当时的初中生心中，这是极为震撼的情报。

“可是，阿龟没那方面的兴趣。”

“嗯……大概吧。”

问题是不是出在那人的性取向上？

若桑原所言属实，表示对方把龟山当成欲望的对象。只是亲吻就算了——

不，对龟山来说，根本不是能算了的事吧，可能发展成更严重的状况。

“哦，龟山那家伙不是超排斥阿杢的吗？几乎是异常地躲着他。龟山的态度太古怪，感觉不是一般的讨厌。所以，他一定是心动啦。”

“啥？”

桑原下流地笑着。

姑且不论龟山有没有那种取向，如果桑原说的是真的，那个人就是不折不扣的变态狂。如果他曾强吻龟山，便不能一笑置之。即使双方皆为男性，也是大问题。不，或许都是男性，问题才大。不，跟性别无关吗？这部分观点因人而异，不过还是该视为恶劣行径吧。

不管怎样，如果是事实，对方就不再是单纯教人头疼的人，极可能出现其他受害者。这件事大伙儿都知道吗？龟山的父母知道吗？即使知道，也无可奈何吗？

“不知道吧。”桑原回答。

“只有我一个人看见。我觉得不太妙，没告诉任何人。你是我第一个说的。可是，闹阿龟很好玩，我都用那一类的话逗他。阿龟在隐瞒这件事。”

他不是挺爱装模作样？桑原继续道：

“超爱逞强。十分见外，怎么讲，就是要瞒。好恶分明，却打死不承认，又不肯透露真心话，不是吗？总有高高在上，瞧不起人的感觉。每当他摆出那副态度，便忍不住想捉弄他。干吗不说出来？我们不是朋友吗？”

嗯，这话不是不能理解。只是，要是龟山真的遭遇什么，恐怕说不出口吧。

那不是能随便说出口的事，更不是能被拿来当笑柄的事。

我的心情颇复杂。

话虽如此，桑原似乎没四处宣传，也没咬着这件事，阴险地欺侮龟山。龟山和桑原普通地相处，表面上若无其事。尽管有些耿耿于怀，但我没必要刻意追问，没多久便淡忘了。

只是，上下学经过龟山家隔壁，我体内往往会涌起一股不舒服的不祥情绪。

那个人有时会站在家门前。我没有任何歧视的意思，却无法压抑不愉快的心情，忍不住移开目光。他不在的时候，我就会用看脏东西的眼神看那个家。

有一天。

我和龟山一起回家。

我们漫无边际地聊着没营养的话题，笑个不停，算是颇欢乐。

直到听见那个声音：

“阿——！”

瞬间，龟山脸色大变，我不禁陷入忧郁。若我是独自一人，男人不会出声叫喊。就算他在，我也只要直接走过。可是……和龟山在一起，不管采取任何态度，都一样尴尬。

“阿——！”

“吵死了，杀人凶手！”

龟山看也不看男人，不屑地吐出这么一句。

杀人凶手。

“喂……”

“真希望他去死。”

“他……对你做了那么坏的事？”

“阿杢！阿杢！”男人喊着，逼近龟山。这家伙看起来像在哭……但果然是在笑。表情虽独特，这个人其实相当开心，开心地……

“阿——！”

好可怕。

我心生害怕。这个人觉得龟山的反应很有趣吗？

果真如此，便是故意的。恶意装疯卖傻，简直差劲透顶。

“走吧。”

龟山经过家门，拔腿奔跑。我连忙跟上。

我们跑到视野开阔的大马路，然后钻进巷子，走一小段路，出现一座小公园。那里日照不良，常有流浪汉蹲踞，或醉鬼躺在长椅上，小孩子鲜少来玩。

龟山默默在公厕旁的长椅上坐下。

幸好没人，我在他旁边坐下。

“那家伙搞什么？恶整你？”

“不是。”

“他是故意的吧？”

“当然。我讨厌他，可是他不讨厌我。”

“那……龟山，你是被他……呃，毛手毛脚？”

实在难以启齿。

“你是听阿桑说的吗？”龟山问，眼中毫无笑意。

“阿桑搞错了。”

“那……”

不是那样，龟山咂舌。

“要是他敢乱来，早就被警察抓走了吧？”

“呃，也是……”

原来不是吗？

不是那样，但遭受袭击是事实吗？

“我家……是在我上小学以前盖的。”龟山说。

“在那之前，我们住在邻镇。搬到新的地方后，不是会向街坊打招呼吗？我们自然也不例外，先拜访对面，再去后面，最后才是左邻右舍，而且是全家出动。民生委员事前提醒，隔壁的人有点问题，可能会带来麻烦，不过举止安分，不会动粗，希望我们多担待。既然如此，爸妈认为全家都看过对方的长相比较好。民生委员的叔叔也陪同。”

这种情况……不是不能理解。

如果是租的也就罢了，毕竟大兴土木盖房子，没办法轻易搬迁。

邻居永远是邻居，与邻居打交道，是长长久久的事。万一邻居有什么问题，早些确定才是上策。

“门牌的姓氏印着‘田所’，实际上似乎并非如此，不过我早就忘记了。那个人在隔壁住超过二十年。‘田所’是之前住户的姓氏，肯定不是他的姓氏。可是……”

他都不说话——

龟山一脸厌恶。

“我不记得民生委员的叔叔叫他什么，我爸妈也不记得。”

那种人无关紧要。

嗯，也对。

“当时全家站在玄关，是我爸还是祖父说‘我们是刚搬到隔壁的龟山一家’，然后自我介绍。母亲抱着年幼的妹妹，姐姐和我依序报出名字。听到我叫杢太郎，那家伙本来板着脸，仿佛昏昏欲睡，却突然瞪大眼，叫道：‘阿杢！’”

“什么？”

从那么久以前开始的吗？

或者说，从初次见面就这样吗？

“民生委员以为他不会说话，当场吓一跳。他一直喊‘阿杢、阿杢’，开心得不得了，我爸妈不知所措，又不好给对方脸色看。嗳，他们想必相当困惑。接着，那家伙……”

龟山伸出双手。

“像僵尸一样逼近，抱起我，靠着我的额头。”

“额头？”

“额头。”

龟山指着自己的额头。

“当时我约莫五岁。嗯，有些大人会这样做吧？看起来不是什么奇怪的动作，仿佛很疼爱小孩子。可是，我……放声大哭。”龟山说。

“太害怕？还是会痛？”

“不是啦，我并不怕。虽然蛮恶心的。那家伙不是浑身脏兮兮，又挺臭？”

确实，外表不太干净，实在不像天天洗澡的样子。

“那你为什么哭？嗯，虽然小孩子经常会毫无缘由地哭。”

“有理由啦。他像这样，把额头贴上来的瞬间，有东西灌进来。”

“有东西……灌进来？”

“超讨厌的。非常不舒服——不，也不是不舒服，更糟糕。很难用话语形容，感觉烂透了。我才五岁耶。”

“不，等一下，是什么灌进来？”

“大概是记忆。”龟山回答。

“记忆？什么跟什么？”

“记忆就是记忆啊，没别的说法。我没办法好好解释，所以从没告诉别人。后来他不止一次那样对我，真是讨厌到不行。每次我都大哭大叫着逃跑，拼命抵抗。不过对那种人，喏，大人不是都会顾虑很多吗？像我妈和奶奶，就会纠正我不可以那么排斥、不可以露出那么讨厌的样子。道理我懂，而且我也没那个意思，只是不想被灌进奇怪的东西。”

“你是指记忆？”

“对，记忆。在别人眼中，他又不是在做什么坏事，但我真是觉得糟透了。要是表现得太露骨，不晓得那种怪人会有什么反应，搞不好会发飙动粗。这么一想，我爸妈更不敢吭声。他们总劝我：‘哎，只是抱一下，贴额头而已，由他去吧。既然这样他就会满足，你忍一忍。’”

嗯，从旁人看来……完全是大人在逗弄孩童。

“那家伙只对我这么做，也只会说‘阿杢’两个字。爷爷还调侃，他特别中意我。”

明明我讨厌得要命，龟山抱住头。

“我好几次找姐姐诉苦，她们都不当一回事，说‘你是男生，有什么关系’。的确，换成是姐姐，爸妈不会保持沉默。可是……”

嗯，只是抱起小男孩，额头贴额头，没理由找警察吧。

“之后就持续到现在，我真是受够了。”

“不是快七年了？他还会……跑来贴你的额头吗？”

“就是会啊。”

那一声声的呼唤，是在发出要求？

“不过他似乎已抱不动我。况且，我一直躲着他，不会再让他得手。最后一次是小学五年级，我坐在家门口的石头上等阿桑。”

“啊，所以……”

原来不是在亲吻吗？被抓住头，额头贴在一起，从不同角度望去，就像在亲吻吧。

“那次是我太大意。”龟山说。

“不过，我发现一件事。”

“发现什么？”

“灌进来的是何种东西。之前我年纪小，不怎么明白，只觉得讨厌。可是到了小学五年级，便懂得不少了吧？那家伙是贴近额头，把他的记忆灌进我的脑袋。只能这么解释。”

“记忆？”

“就是记忆，绝不会错。在从没看过、听过的地方，出现几个陌生人，还做了完全没做过的事。”

“谁？”

“我啊。不，是我做了某些事的记忆。”

“你做了某些事的记忆？”

“只有记忆。可是，那是他的记忆，不可能是我的经历。强灌那么多次，变成像是我的记忆。明明是没做过的事，我却有记忆。”

“怎样的记忆？”

“杀人。”龟山回答。

杀人凶手。

所以龟山才会……

“那是我不知道的地方。完全陌生的场所，有几个穿着类似厨师服的男人，和打扮奇怪、像中国人的女子，然后大吼大叫。不晓得是不是在生气？”

“谁在大吼大叫？”

我，龟山指着自己。

“我在大吼大叫。明明是自己在叫喊，却不是自己的声音，而是大人的声音。我不晓得自己在讲什么，语速很快。抡拳揍人后，又拿菜刀刺人。”

血流个不停，龟山继续道：

“我杀掉三个人，两个不确定死了没。那里放着菜刀，大概是餐厅的厨房之类。但我没去过那种地方，根本辨别不出是哪里。何况，初中生怎么可能轻易杀死大人？不，当时我是小学生。或者说，第一次遭遇我才五岁。而且，画面的视点很高，是大人双眼的高度。我不可能拥有那样的记忆，也不是电视或电影情节。毕竟伤口历历在目，也罕有以凶手的视点拍摄犯案过程的电影吧？”

可能有，只是我没看过。即使看过，也想不起来。

“那段记忆非常清晰，五岁孩童不可能明白是怎么回事，所以当初我才会被吓哭。之后，那样的记忆强灌进我的脑袋好几次。那家伙一定是把不愿保留的讨厌记忆转移到别人身上，想图个轻松，绝对没错。那家伙……是杀人凶手。”龟山说。

这是难以取信于人的事。

谁都不会相信，龟山重复道："反正你也不信吧？顶多只会像阿桑那样调侃人，真是过分。什么阿杢，干吗用我的名字去叫那种人？明明我才是阿杢。"

龟山整张脸充满发自内心的嫌恶。

然后说他受够了。

可是——

之后，众人依然拿"阿杢"当绰号，称呼龟山家的邻居。

除了看到龟山的时候，会喊着"阿杢、阿杢"靠上去，他似乎不曾对龟山做出脱轨的举动，而且镇上的人又不能拿他怎么样。不，大家也不想对他怎么样吧。

完全没有实质害处。

除了龟山杢太郎以外，没有任何人感到困扰。

龟山决定不要放在心上。每次碰到阿杢，顽童们就会促狭地说"喏，人家在叫你"，龟山都随口敷衍。

"阿杢出现！那不是阿杢啦！"这样的对话成为套好的老哏，大伙儿——包括龟山在内，会笑成一团。我一时陷入古怪的心境，如坐针毡，但不久便能跟着一起笑。

连龟山都在笑，我笑应该没关系。

不，他在公园的告白，搞不好是骗我的。

龟山极可能是在哄骗新来的我。何况，又不是科幻漫画，把记忆强灌给别人之类荒诞离奇的事，不可能发生在现实中。是骗人的。

渐渐地，我这么认定。

于是，阿杢成为令人头疼，但人畜无害的存在。如同长助和阿六，在许多人的照顾下，作为镇上的一分子生活着。

我也融入镇上，融入本地人，与龟山、桑原和山边一起，过着普通的中学生活。

三年过去，升上高中后，我们各奔东西。我考上有点远的私立高中。要从家里上下学十分辛苦，我决定在外租房子，离开小镇。每年我会回来几次，也跟龟山碰面几次，但没再提过那件事。阿杢仍住在龟山家隔壁，暑假期间见过他几次，他变得颇苍老，外貌完全是个老人。

最后一次看到阿杢，是高中刚毕业的时候。

记得是有人提议，说上大学要见面不容易，所以想在当地开一次初中同学会。我们未成年，不能包下整间店，于是租下初中附近的活动中心，并请来老师，准备热闹一场。

当时我和以前一样，路过龟山家。

阿杢的家变得像栋废屋。窗玻璃破裂，墙板腐朽，部分以三合板补强。铁皮屋顶积满泥土灰尘，长着杂草。与其说是不祥，不如说根本是一团巨大垃圾。

我一阵感慨，不禁停下脚步，凝望阿杢的家半晌。

阿杢。

人在屋顶上。

我吓一大跳，先前一点动静都没有。

老态龙钟的阿杢在高处仰望天空……

“阿杢！阿杢！”

喊了两声。

不，在我眼中，那是在哭泣。初中时，我分不出那是在哭还是在笑，但当下不知为何，他看起来哀伤至极。攀在生锈铁皮屋顶上的阿杢，恍若垂死的松鼠般渺小。

龟山出席同学会，所以我没把这段插曲告诉任何人。

考上东京的美容学校的龟山心情非常好，笑容不绝。那为将来的希望燃烧的年轻笑容，与阿杢哀切的身影落差过于悬殊，实在无法想象是发生在同一座镇上的现实。

我什么都说不出口。每个人都有所成长。时间不断推进，不管是城镇或居民，皆朝着明天，迈出坚定的步伐。

唯独阿杢所在的那个家，处于不同的时间中。

我这么心想。

大学毕业，我返回故乡，在一家小公司就职。龟山顺利成为美容师，跻身于业界风云人物之列。

没多久，我结婚了。

自初中毕业后，十八年的岁月流逝，我几乎忘记阿杢。虽然会经过龟山家，但不会时常忆起。很久以前，阿杢的家就被拆除，改建公寓，而那栋公寓也变得老旧。

不过，我并未彻底将记忆中的阿李抹消。

我罕见地想起阿李。当然，记忆中的他不是会把讨厌的记忆灌入别人脑袋的怪物，而是跟长助或阿六一样，是镇上的令人头疼人物。我拥有成人的包容力，能够去怀念最近销声匿迹的他们。

阿李恐怕早已不在世上。

连姓名都暧昧不清，无法确定他是不是杀人凶手。不，那全是龟山的妄想，不然就是为了捉弄我而编造的谎言。

总之是昔日往事。

我一直这么认为。

岂料，大错特错。

一天早上。

瞥见报纸标题，我浑身僵住。

《当红美容师杀伤五人，刁难甜点不合胃口》

四日晚间九点三十分，涩谷区的中华料理店金王楼，一名客人闯入厨房，抱怨调味不佳，抓起菜刀攻击员工，造成上前制止的主厨村井健次郎（四十岁）等三人死亡，两人脸部等处重伤。警方将住在龟有的嫌犯龟山李太郎（三十三岁）以现行犯逮捕。嫌犯龟山是热门美容沙龙“皮卡多”的老板，为当红美容师，经常接受杂志采访。一起用餐的友人表示，嫌犯龟山在吃到甜点的杏仁豆腐前，都没有异状。

被逮捕时，嫌犯龟山神志错乱，不停说着“阿李就是我”，令人一头雾水……

也对。

那个人并不是阿李。

阿李是你嘛。

我，仅仅这么想。

Shirimizu 桑

シリミズさん

和男人分手，心情烦乱不堪，我连工作也辞了，辞掉才后悔莫及。凡事都不该一时冲动，草率决定。不管当下是气愤或沮丧，任何时候，最重要的就是深思熟虑。

我没有半点存款，短短半个月，经济上便无以为继。

不过，那个职场我并不中意，坦白讲，我受够正职员工的灌酒和性骚扰，一直暗自盘算，有机会就要辞职，然后狠狠撂下几句话，不能完全归咎于冲动。但下一份工作没着落，毫无未来展望及生活规划，也没有谋生方法，总之先辞再说，这种态度实在不可取。要是指责我漫无计划到夸张的程度，我无法反驳。

我慌忙四处觅职，然而这么不景气的时代，没那么凑巧能找到工作。

工作没着落，愈焦急愈碰壁。明明我完全没设定任何条件。

虽然被逼到快跳墙，但我骨子里其实是胆小鬼，不敢向人借钱。遭停电、停机是自作自受，但等付不出房租就太迟了，身为一个人，还是想遵守最起码的规矩。可惜，终究落入进退维谷的处境，只好在被房东驱逐前搬出公寓，暂居老家。

我的老家在秩父，不算太远。

提到秩父，一般会联想到山，这个印象大抵正确。不过，我家所在的地方，并非是会在民间故事中登场的山村。

虽然在山区，姑且算是小镇。当然不能称为大都会，纯粹是闲到发慌的乡下小镇。我家从事造园业，或者说植栽之类的生意，屋子又旧又大，房间多得是。

试探询问能否收留我，家人一口答应。拜托让我暂时帮忙行政庶务，却被拒绝。家人表示，住空房没问题，但既然要住，就得拿钱给家里。

换句话说，要回家随你便，还是得工作奉献。

世上果然没那么美好的事。

原本我就过得十分拮据，退租拿回的押金不到一半，再付钱给搬家公司，真的是身无分文。

做人要讲情面，找到工作前，就供你吃住吧——

老爸施恩般傲慢地表示，但我连在东京都找不到工作，这种穷乡僻壤，哪可能有工作让我做？我满口怨言，心情暗淡，却不能否认，其实我想得很轻松。既然住在家里，家人不可能见死不救。至少不会饿死，或沦为游民，这部分我很乐观。

如此这般。

二十六岁待业的我，这几天都在故乡游手好闲。

这种情况，与学历什么的真的无关。履历毫无作用，没办法凭书面文件获得信任。

包括人品、干劲等，无法数值化的特质变得相当重要。

还有地缘关系，好比她是某某家的女儿，是以前照顾过奶奶的人家的女儿，甚至因为是邻居，这些关系才派得上用场。

什么工作都行，我什么都愿意做，请给我一个机会——

只要有这样的干劲，也许可以工作的地方，或者说工作机会，比都市多。

不，应该很多吧。

我都还没进行求职活动，甚至还没搬家，不晓得究竟是从哪里打听到消息，居然有工作机会找上门。水岛造园的失业女儿要回家的传闻，转眼传遍整座小镇。镇民非常热心，表示没工作的话，就帮你介绍吧。

介绍给我的工作，是烤糯米丸子店的店员。难以分辨究竟是简单或困难。

那能算是一份工作吗？好像也不是当烤糯米丸子的学徒。那家店的老奶奶和店员负责烤糯米丸子，似乎人手充足。三十年来，照顾店面的是老奶奶的老伴儿，但老爷爷糖尿病恶化，没办法继续坐镇店面，才打算找人代替。

仔细想想，小时候去买烤糯米丸子，坐在柜台另一头的与其说是伯伯，不如说是老爷爷。如果是同一人，现下应该更加苍老，难怪无法继续照顾店面。

话说回来。

嗯，这样算是打工吧，感觉有点微妙。

努力照顾好店，接下来的出路呢?

要是老爷爷病情好转，就不需要我了吗?如果老爷爷没好转，难道我得一辈子在那里打工，直到变成老太婆?老板与我非亲非故，不可能指望他把店面送给我继承，恐怕也没有选中我成为孙媳妇的好事。何况，他们的孙子早结婚了，在小田原的鱼板店工作。

我不禁犹豫。

当然会犹豫吧。

要是答应下来，我想认真做，又不晓得做到哪种程度算是认真。只得拜托父母给我一些时间考虑——不，至少让我优哉一个星期，所以我才会像这样游手好闲。

以前考上都内的私立高中，由于是全住宿制，我搬出家里。接着，我上的是地方大学，毕业后找到东京企业的工作，在东京都内租公寓。没想到公司一下就倒闭，害我不得不靠打工维持生计。

这是我睽违十年重回老家的生活。

出生以后住了十几年的家，包括街景等一切，连居民都没怎么变，要说怀念，确实挺怀念，有种强烈的熟悉感。可是，我就是没办法觉得“回家真好”“想永远住下”或“果然还是老家好”。

我蛮讨厌家里的。

不是跟家人处不好。

不管是父母、兄嫂、侄子侄女或祖母，我和家人之间没有任何对立或冲突。

水岛家的人一向不会想太多，嫂嫂完美融入这样的家风。三代都是乐天优哉到有点讨人厌的和睦家族，我也不例外。与当地居民的关系算是良好，毕竟烤糯米丸子店都上门来挖角，街坊邻居不太可能讨厌我们家。

但我仍然不喜欢这个家。

这种情况下，“家”指的不是家人或家族。

名副其实，就是“家屋”的意思。这个家非常奇怪。

小时候我无理取闹吵着要搬家，长大以后，满脑子只想离开这个家。决定要住校那一天，我雀跃不已，忍不住手舞足蹈。

这个家很奇怪，我是说真的。

家人居然满不在乎。

最奇怪的莫过于……

家中祭祀着 Shirimizu 桑。

大伙儿一定想问那是什么吧。

当然，肯定没人知道。连我都感到莫名其妙。

首先，汉字怎么写？“尻水”吗？想不到其他文字。总不会像最近流行的飙车族命名风格，写成“死利魅头”吧？不过，“知不见”之类文绉绉的字又不适合，帅气过头[①]。

才不是那么厉害的东西。

而且不是称呼“大人”，而是“桑”。

跟外头随便一个“欧吉桑”没两样，也跟对面的“欧吉桑”没差别。连算不算敬称都十分可疑。搞不好包括“桑”在内，都属于名字的一部分，等同于直呼名讳。

假如全名是 Shirimizu-san，不太像日语。

是哪一国的东西啊？

不，一定是日本玩意儿。

想必不怎么受到崇敬。

但依然被供奉祭祀，约莫是神佛之类。

不过，我觉得不是祖先，也不是神。勉强要形容，应该接近屋神。什么是屋神？我没自信回答。毕竟只在书上看过类似的描述，不知详情，甚至不是亲耳听闻。约莫是指在家庭里祭祀的、当地的、私人的、小规模的神明吧。

① “Shirimizu 桑”原文是“シリミツサン”，“尻水”“死利魅头”“知不见”都可能是其汉字表述。

大概啦。

总之，Shirimizu 桑是那类东西。

从我出生就存在，而我理所当然地认定，每个人家中都有同样的东西。

不过，我意外醒悟得相当早，快要上小学前，便知道那种玩意儿仅仅存在于自家。但我不认为自家格外特殊，好比有些人家里养狗，有些人家里养鸟；有些人和祖父母同住，有些人没和祖父母同住，就是这么回事吧。

家家户户情况不一样。

说是祭祀，也没设祭坛或神龛。

只是摆在那里。

摆在内间的老柜子上。

至少摆在壁龛里嘛。

那个房间有壁龛，壁龛是空的。大伙儿没事不会过去，一直是空着。偶尔会忽然想起般插花装饰，过年会奉上年糕。除此之外，往往是任凭灰尘积累。

清洁打扫更是稀少。

柜子非常旧，推测是大正或明治时代的家具。那是类似漆器，有着葡萄褐与黑色斑纹花样的展示柜，处处磨损。把手是类似南部铁的黑色金属，乍看重且硬，其实不然。初中一年级时我不小心弄弯其中一个把手，急忙扳回原状，还是有点扁扁的。

那是极为脆弱的金属。柜子本身不新，但不是贵重的古董。

Shirimizu 桑孤零零地搁在上面。

约莫是小泰迪熊的尺寸，或者是较大的婴儿，形状就像人类。嗯，它是一个人偶。

手脚短短的，头很大。倘若原本的用途是抱枕娃娃，应该是不及格的水平，也不算是卡通化的人偶，重点是搞错比例。

看起来是木制的。组合木雕的零件，涂上贝壳磨成的白色颜料，或许挺漂亮，但我无法想象最初的模样。原本就脏脏的，加以颜料剥落六成，暴露出木纹与接缝，丑恶到极点。处处龟裂，恍若没剥干净的白煮蛋。眼皮掉落，眼珠迸出，那张脸说多可怕便有多可怕。

只有眼珠的材质不一样。嵌着不知是玻璃还是陶瓷的眼珠，焦点左右不同，不知在看哪里，十分诡异。

种上去的头发掉了一大半，留下点点黑洞，外貌凄惨，像遭到蒸煮的人。虽然我没亲眼见过被蒸煮的人。

不是渐渐变成这样，而是一开始就如此。

至少我完全不记得状态良好的 Shirimizu 桑，母亲也没印象。我问过祖母，她小时候就是这个样子。

居然这么古老。

Shirimizu 桑穿明治或大正时代的童装，应该是手工制，但不知是谁做的。颜色和图案相当古老，布料变得极薄，随时可能破损，且吸满灰尘和油脂，灰灰脏脏，一摸恐怕就会破裂。

那身破布衣上，系着不知是口水巾或围裙的东西，不再洁白。不管如何放宽标准，都是灰色。

还有许多污渍，就像吃过咖喱乌冬面的幼儿身上的围兜，扔着一个月没洗。

伸出的脚底乌漆抹黑。

我望着那双漆黑的脚底长大。小时候，只看得到脚底。年幼的我，甚至认定Shirimizu桑是一个脚脏的人。随着长高，我渐渐看见Shirimizu桑全身，但第一次看清那张脸，我打心底里震惊不已。

你们想想，怎么会有人祭祀这种鬼东西?

不，我一直说祭祀，但家里并未进行任何仪式性的行为或祭仪活动。

没有祝词或诵经。我们不会合掌膜拜，也不会低头行礼。不会投钱或祈祷，也不会与之对望。

总之，什么都不会做。

置之不理。

无视它的存在。

不过，每天都会以茶杯装水给它。不是供奉，而是给水。跟盆栽同一个等级，且不是特殊的水，纯粹是随手扭开水龙头盛一杯水放上去。不晓得是何时养成的习惯，由祖母或母亲，反正是家里的女人负责。

上初中后，这成为我的例行公事。

简直莫名其妙。

搞不好是为了防止干燥，我暗自猜测。

破旧成这样，增加湿度也是杯水车薪，想必是外表仍为漂亮娃娃时的习惯——

我决定如此解释。

那个时候是这么解释的。

习俗和祈愿大半属于这种情况吧。

原本应该是有目的的行为，可是“目的”不知不觉消失，仅仅留下“行为”。再有意义的合理行为，要是失去本义，只剩行为，等于是毫无意义的行动。这就是所谓的沦为形式吧。

实际想想，八成就是如此。

Shirimizu 桑的房间似乎格外干燥，一天过去，茶杯的水便剩一半，甚至整杯空掉。那是蒸发了。

因为很干燥，毫无湿气。毕竟房子非常老旧。

我家是不断增建再增建，拼接成的老房子。

面对马路的部分较新。由于是店面兼办公室，新颖没什么不好，约莫是我读初中二年级时重建的。说是重建，并非全部打掉重盖，而是如同字面的意思，重新盖过。

连接的主屋部分依然是旧的。

主屋经过至少三次的增建与改建，最古老的部分屋龄将近七十年。每一部分的建筑时代不同。墙壁也一样，从京壁[①]、灰泥墙到板壁，不协调地连接在一起。

再过去还有屋子。

主屋与别的建筑物相连。

不，原本那边才是我家。

那边更古老、更陈旧。我觉得落成以后，至少历经二百年的岁月吧，是一栋宛如在古装剧中登场的日式房屋，属于文化财产的等级。

不过，这栋建筑物无法成为文化财产。怎么想都没办法。

因为不曾受到良好的维护。

不论是屋顶、地板、柱子，都拼拼凑凑，这里修一下，那里改建一下，面目全非。排除细节，那的确是一栋老屋子。然而，仅仅看上去陈旧，无法分辨究竟属于哪个时代。

简言之，成为一栋只是陈旧的古怪建筑物。

倘若善加保养，起码能成为县的指定文化财产。这么一想，感觉有些遗憾，但一直在使用，会改变是理所当然吧。

毕竟有人居住。

不……

也不算。没人居住吗?

虽然不时会使用，但后来加盖的主屋才是住处。家人主要在主

① 以京都为中心发展而成的墙壁完工方法，多使用有颜色的泥土涂抹。

屋生活。

我们家人口不多，不是够资格上电视的大家族。

这十年来，兄嫂生了孩子，多出两个人，但祖父逝世，我离开家里，加加减减又扯平。即使我回去，也是八个人。四代八人，并不算多。

光主屋就足够居住，还有多的房间。不需要三栋相连，像旅馆似的大房子。

先有老屋，然后增殖般盖起主屋，渐渐地，生活据点转移至主屋，又加盖作为工作地点的店铺——

过程大约如此。不过，即使不想拆掉旧家，反正土地多得是，在新的地方另盖房子就行，根本没必要连着。为何是增建？这一点我不懂。

旧家、主屋和店铺，围绕庭院呈“ㄇ”字形建造。

祭祀 Shirimizu 桑的场所，就是旧家的内间。

不单单是内间，旧家整体十分干燥。

比如门的上下框，都干到龟裂。若是放把火，应该会烧得挺痛快。

旧家几乎没在使用，基本上被丢着不管。除了走廊外，皆未清洁打扫。

许许多多的房间一年根本没打开一次，有些可能几十年都不曾打开，处处弥漫着干燥灰尘的气味。

不过，唯独内间会大致清扫，罕见地摆上鲜花，甚至在正月时放上年糕增添喜气。虽然没人会去那里。

因为 Shirimizu 桑在那里。

这代表着受到祭祀吧。

所以没拆掉旧家？

那么，旧家是 Shirimizu 桑的住处？未免太荒唐。

住在东京或地方都市时，我从未想起 Shirimizu 桑。

与其说是忘记，不如说是完全从脑中抹消。然而，一跨过这个家的门槛，我就忘记自己曾忘掉它，理所当然地问母亲：

“现在是谁倒水给 Shirimizu 桑？”

实在教人气不过，我真恨这样的自己。

水是由母亲负责。母亲说，不能交给嫂嫂。

理所当然。那不管怎么看都是个脏兮兮的破娃娃，一般早该丢掉，当作装饰未免太奇怪。何况还偷偷放在没人看见的地方，每天早上给水，岂不摆明有鬼？

头发会长长、晚上会走路，这类荒诞可笑的人偶作祟怪谈，从几十年前起就不断在坊间流传，被当成灵异物品也没办法。不过，那些都是骗人的。若不是骗人的，便是搞错、眼花，否则就是心理作用。

人偶是模仿人类制成，当然会像人。纵然相像，毕竟不是人，总显得诡异。

不管是向它祈祷，或对它有所执着，物品终究只是物品。模样再相似，也不是人。人会作祟、怨恨，这一点不难理解，但东西就是东西。

或许有时会觉得人偶有灵性，我认为不合理。

说什么受到疼爱的人偶，被抛弃后心生怨念，我不懂。既然曾受到疼爱，不是应该感谢？还有，说什么人偶身上累积着主人生前的情感，我也不懂。那么喜欢人偶，不如干脆带去另一个世界。

加上一些煞有介事的歪理，就算是假的，不免会认为有点道理。

可是，Shirimizu 桑根本是莫名其妙。

首先，根本没人疼爱它。

也没人珍惜它。

不知主人究竟是谁。从放在家里看来，应该属于我家，但谁会买那种东西？

不，大概是某个祖先。搞不好是祖先亲手制作。果真如此……

——做得太烂了吧，祖先。

我这么想着。那东西只教人害怕。

单单祭祀这样的东西，就教人厌恶。

不过，摆在内间的 Shirimizu 桑，并不会做什么，也不可能做什么，只是要给水很麻烦而已。不去看，就不会介意。不论存不存在都无所谓，讨人厌的程度，跟阁楼里的老鼠粪便差不多。

我讨厌这个家，其实有别的理由。不……应该说“还有”别的理由吗？

这个家相当奇怪。

经常发生一些怪事。

我不认为是所谓的灵异现象，若问可不可怕，我只能回答不怎么可怕，也不好玩，总之很讨厌。

这是个令人讨厌的家。

首先，主屋通往旧家的连接处十分诡异。说是连接处，其实是一条像廉价施工的温泉旅馆的长廊。

经过那条走廊，五次里会有一次听到一声：

“好冷。”

连夏天都不例外，明明根本不冷。不，夏天热得要命。

听起来是男人的声音，也许是我搞错了。可能是木头压到的声响，或墙壁弯曲的声响。既像老太婆，又像动物叫声。反正就是会听见。

询问母亲和祖母，她们回答：

“啊，有呢。”

但没什么损害。

只是听得到而已。

还有旧家的厕所——

其实外观更接近茅厕、粪坑，透过采光窗看得到脚。

窗户的位置蛮高的。

脚却行走在地面，仿佛窗户下缘就是地面。啪嗒啪嗒行走，两步、三步经过，所以只能窥见一瞬间。那是女人的白皙裸足。比大人的脚小两号，不是孩童的脚。宛若缩小影印般，有点小的脚经过窗户。

啪嗒啪嗒，甚至听得见脚步声。

可是，那是在半空中。

离地面一点五米。

不过，主屋和店铺有厕所，家人习惯用那边的。

这么老旧的厕所，没人要用，准确地说是完全不使用。约莫三十年以上没人用过。没事不会去那种地方，自然也不会去厕所，但只要过去，就会看到脚。

虽说一定会看到，可是一年根本没去过一次，直到初中毕业，我仅仅看到过五次。

第一次以为是错觉，第二次目睹的时候，我忘记当初看到的事，误会是自己眼花。第三次我心想：啊，上次遇到过相同的情况。

祖母和哥哥也曾撞见，却都不在乎。因为无关紧要。

没人在的时候，那双脚都在做什么呢？只在有人去厕所的时候走动吗？在那之前，得在老旧的厕所预备好几年吗？或者，即使没人，依然会自行走动？经过无人厕所的窗户的脚……

不管怎么想，都没意义到极点。

有一次，我绕去厕所后面查看。

不知为何，厕所窗户底下的地面，死了一堆壁虎。

真是莫名其妙。我觉得缩小百分之八十的女人的脚，和壁虎没关系。

主屋也会发生怪事。

如果穿凉鞋从厨房门进去，脱下的凉鞋一定会变成九十度横摆。

无论摆得再正，就是会歪成横的。把鞋子踢开或随便乱脱，也是一样。有时我会故意让鞋底朝上，仍会被翻正横摆。不管怎么弄，凉鞋就是会被横摆。至于往右或往左不一定，有时会左右相反。

嗯，说是无关紧要，确实无关紧要，但之后要穿会很麻烦。

普通的鞋子或人字拖不会出现这种情况。

为什么?

偶尔，客厅天花板的洞会罕见地伸出手指。

我觉得是食指。

仅仅是伸出来。我没注意到的时候肯定不少。

即使注意到也不会怎样，只是伸出来而已。

我盯着那指头三十分钟，指头偶尔会弯一下，似乎没特定指哪里。我不曾目睹伸缩的瞬间，指头总不知不觉缩回去。

既然长着指甲和关节，应该是手指吧。

那手指蛮纤细，但肤色不白皙，约莫跟厕所的脚属于不同人。

毫无意义。

我并不害怕。况且，不管是脚或手指，都是在大白天出现的。

仔细想想，即使真的有什么东西，晚上也在睡觉吧。一定是的。

——不不不。

哪可能有什么东西？我认为那不是幽灵，也不像妖怪。勉强要说，是现实扭曲。不是看错，而是我们家所在的世界错乱。总之，是某个环节出错。

太可笑了嘛。

书中记述的怪谈更恐怖。其实不是恐怖，是不祥。阴森森的，令人忌讳。简直骇人听闻，害我毛骨悚然。凄惨又诡异。不是遭作祟死掉、受到诅咒变得不幸，就是健康每况愈下，弄得家破人亡。简言之，是所谓的“灵障”[1]。

不过，我家的情况，只能说是逗趣。太蠢了。

没任何实质性损害，仅仅是凉鞋不好穿。

无聊。

家人全这么想，谁都不在乎，我也不在乎。虽说如此，怪就是怪，我依然没办法喜欢这样的家。

其中，我最讨厌的是古怪建筑物包围的中庭。

我厌恶中庭。

由于从事造园业，我家庭院相当壮观。松树和梅树的树形很美，我十分喜欢。矮树、庭石、篱笆，四季风韵不同，美不胜收。毕竟是专家一手打造，理所当然。

① 俗信中，因灵魂附身、作祟造成的各种肉体或环境上的变故。

不过，中庭一样有奇怪的东西。正确地说，是会冒出奇怪的东西。

在池塘正中央。

池塘不例外地装饰着鹿威[①]，也有瘦弱的锦鲤在游泳。不管怎么看，如假包换是日本庭院中的、不折不扣的池塘。对池塘本身，我没意见。我对池塘毫无不满。

只是，偶尔会冒出来。

至于会冒出什么，嗯，一如既往，就是莫名其妙的东西。

上小学二年级时第一次看见，我有些吓到。

那东西……呈现人形。

可是没有厚度。

薄薄的。比人类略大，但极为单薄，犹如剪纸。颜色也是纯白。

然后，脸的地方……

画着五官。

只能这么推测。那是用毛笔画的。一定是用墨汁画的，画得颇差。

非常差。完全是恶作剧乱画的五官，歪歪斜斜。左右眼大小不一，鼻子和嘴巴像随便描上去的，偏离原本的位置。嘴上画有八字胡，好似不可一世的军人。眉毛则像不小心泼洒的墨痕。然而，表情却有些变化。

① 日本庭院中常见，以跷跷板状的空竹筒，利用水力，令竹筒反复敲打石头，制造清脆声响的装置。原本是农家用来制造声响驱离鸟兽的装置。

恶心得要命，还薄薄的。

宛如海中的昆布，在池子中央摇摇晃晃。由于濡湿，益发恶心，但跟先前提到的那些一样，什么都不会做。

就是薄薄一片在池中摇摆。

一样在大白天出现。不知确切何时会出现，相当随意。没人在看的时候，大概仍会擅自长出来，摇摆薄薄的躯体再缩回去，挺讨人厌。要是撞见，会觉得一整天都毁了。比起不祥，更倒胃口。

会让人干劲全失，气馁不已，感觉倒霉透顶。以英文诠释，就是unlucky吗?

这薄薄的东西似乎只有我看过，祖母没看到过，真令人沮丧。

实在遗憾。

起初我都快哭了。可是我没哭，毕竟太蠢。后来我又目击四次，每次都无比丧气。最后一次是初中一年级的时候，我明确萌生出“不想住在会冒出这种东西的家”的念头。之前也觉得讨厌，但等于是在那一刻才下定决心，要在下次看到这薄薄的怪东西之前离家。

于是，嗯，我就离家了。

——如今又回到家里。

真是太大意了。早知道就不要冲动辞掉工作，和男人分手根本没什么。与其撞见那种薄薄的东西，遭上司强拖到居酒屋灌下难喝的酒、听黄色笑话还好上一百倍。

尽管如此，为了克服眼前的危机，我只能认命。

嗳，别去庭院就行，无须抬头仰望客厅天花板，不要穿凉鞋从厨房后门进屋，也别去老家的厕所。避开上述种种，便没什么大不了。不管那薄薄的玩意儿在哪里摇摆，或有脚擅自走动，只要我没看见，都与我无关。

光是想象，便不禁心生厌恶。

家中这些疯狂的种种，成为我到烤丸子店打工的阻碍。没有这些阻碍，我早就在卖烤丸子了。

“和美。”

母亲呼唤。八成是要我帮忙准备早餐，我顶着一头乱发前往厨房。

“你噢，与其成天游手好闲……”

“哎，不要那样讲，我不是游手好闲，是在休养生息。现在是休养期。”

“那不就是游手好闲吗？”

是没错啦。

“你拿水去给 Shirimizu 桑。”

“咦？”

“去啊。一向不都是你吗？”

“那是以前。”

“今天是幼儿园的运动会，隆男和智子做完便当，早早出门占位置。我想参观孙子的运动会，你爸要去工地，不能同行，我想至少拍个影片给他看。”

“很好啊。”

“我要走了。我可不想一直顾着不晓得要睡到几点的女儿。”

顺便不想照顾 Shirimizu 桑是吧?

的确，母亲一身外出的装扮。

“奶奶呢? ”

“奶奶有关节炎，不得不放弃参观运动会，真可怜。别管那么多，你去给水吧，又用不了几分钟。”

母亲递出茶杯。

确实用不了几分钟。只要倒水放着就好，而且如同母亲所说，游手好闲的我，没理由拒绝。

但有个更根本的问题。

非给水不可吗?

不给水会怎样?

快去啊，母亲催促。

我不甘愿地接过杯子。一把杯子塞给我，母亲便匆匆出门。

要去运动会啊，没办法。

我拿着茶杯，发呆一会儿，独自吃早饭。便当菜剩下不少，颇为丰盛。不，吃完已超过十点，算是迟来的早餐。

慢慢享用后，我收拾餐具，倒了水。

放在托盘上走向旧家。

实在提不起劲。

途中经过祖母的房间，我绕进去瞧瞧。

祖母缩成一团在看电视。

“欸，奶奶。”

“嗯？”

“不给 Shirimizu 桑水，会怎样？”

“咦？没不给水过，不知道。”

这样啊，没一天少过。日本人真勤奋，而且保守。

“那东西怎么会在我们家？有什么好处？能保佑哪一方面吗？像守护神一样？”

“啊？”

祖母侧着头。

“不，不是那种东西。”

“那怎么会在家里？脏成那样，干吗不干脆丢掉？”

“不，不能丢，而且……不能碰。”祖母回答。

原来不能碰，是可怕的东西吗？随意触摸会遭作祟吗？

“每天早上在旁边放杯水就好，很简单啊。”

“嗯，好吧。”

这我也知道。

我无奈地前往内间，不过……

——现在已不算早上。

来到连接区域。

说是家里的连接区域颇怪，但就是这种感觉。

“好冷。”

“是是是，很冷。”我应道。

久违地再度听见，果然是男人的声音。

从走廊窗户看得到庭院，且格外清楚。虽然我一直刻意忽略，可是看得到的东西就是看得到。

我看到五针松，枝叶繁茂。

前方的枫树反倒变得瘦弱。

石灯笼的苔藓比以前多吗？古旧得挺风雅。正当我这么想……

——啊。

池塘中。

又冒出薄薄的玩意儿。哎呀，几年不见，不管目睹几次，都一样令人丧气。

恶心得要命。

不，其实那是纸吧？脸画得更烂，比记忆中糟糕。会不会每次出现都重画一次？未免太蠢。

啊啊，恶心死了，快缩回去。

——不。

不对劲，动作不对劲。那个像纸一样薄的白色家伙摆动着，如昆布般扭动……

——爬上陆地。

有脚吗？不，有是有，可是会走路吗？

薄薄的白色家伙跑到五针松背后觑着我。那种随便乱画的五官，看得到东西吗？是歪的耶。不，重点是它想干吗？我得快点给完水回去。那种可笑东西存在的空间是扭曲的，是错误的。不是我生活的健全世界。

我快步经过长廊。

长廊通往面对中庭的旧家走廊。缘廊上加盖玻璃门，玻璃门外就是中庭。真讨厌，那薄薄的家伙居然跟着我一起跑。明明是纸，怎么会跑？而且不是湿漉漉的吗？

被超过了。

拐个弯，尽头是会出现脚的厕所。在厕所前再转一次弯，便抵达内间。

“啊。”

那薄薄的家伙不晓得从哪边的缝钻进屋里。老大，真是恶心。它到底想干吗？

只见它弄湿走廊前进，抢先弯过走廊。

那边……不是内间吗？

真不想去，超讨厌的。

我不想在近处看到那种东西，倒霉透顶。不，搞不好它会做出什么讨厌的举动。啊，早知如此，就快点来送水。拖拖拉拉才会变成这样。

太令人沮丧。

没办法，给水是规定。虽然是莫名其妙的规定。

我绕过走廊。

内间的纸门微微打开，约莫是一厘米的宽度。

——那家伙跑了进去。

天哪，好恶心。我不想踏进有那种东西的房间。不知所措的我，抓住纸门僵在原地。嗳，不管啦，反正不会被杀吧。我豁出去了，打开老旧褪色的纸门。

霉菌与灰尘味弥漫。

榻榻米上……那家伙被揉成一团，像擤过鼻涕的面纸掉落。我微微弯身观察，脸没画好，确定是它没错。

这家伙未免太弱。

不过，是谁揉的？

我望向柜子上方。

既诡异又老旧肮脏的 Shirimizu 桑，随随便便搁着。

“不好意思啦。”

我随手放上茶杯，或许泼出些许。

Shirimizu 桑没动也没开口，毫无反应。理所当然，毕竟是人偶。彻头彻尾是恶心的东西，而且又旧又脏。

——啊，对了。

所以，大人才说不能碰？原来是这样吗，奶奶？因为很肮脏恶心？

嗯，我没办法，不想碰。所以，大人才说不能丢掉吗？要是不能碰，根本无从清理。

这东西真的超恶心。

变得比以前更老旧肮脏，更令人厌恶。

实在不想再正眼瞧下去，无法直视。

嗯，确实没办法触摸。你就永远待在这里吧。

——怎样都好。

我步出走廊，反手粗鲁地关上纸门。

后来，我接下烤糯米丸子店的工作，每半年换一次约。我不想一直卖烤丸子，卖到又老又丑，毕竟我还年轻。

Shirimizu 桑的水，我只在母亲忙碌时帮忙送去。

三四天一次吧。打开纸门，草率地放上茶杯，毫无敬畏的念头。

可是——

那个薄薄的家伙，维持被揉成一团的状态掉在榻榻米上。

母亲没收拾。

因为很恶心嘛。

杜鵑乃湯

杜鹃乃汤

听闻是荒郊野外的温泉区，我一直想象成会出现在柘植义春[①]漫画里的场所，岂料完全不是。

那不是溪谷中的老旧独栋旅店，也不是老太婆独自经营的肮脏民宿，而是一栋巨大得夸张，宛如购物中心般的饭店。

感觉能容纳几千名旅客，还真的如此。

不过，除了饭店，周围什么都没有。

背面是山，前面是海。尽管是海，却没有沙滩，而是一条堤防。海湾的边缘在进行护岸工程，不能下海玩水。

① 柘植义春，本名拓植忠男，漫画家和散文家，代表作为《GARO》。主题多为日常与梦境。

据说能钓鱼，却没出租钓具。一般不会带钓鱼竿和钓饵去泡温泉，何况此处不像会有人特地来钓鱼，果然毫无娱乐可言。

山则是单纯的山，且一片郁郁苍苍，不易登山健行。不仅没铺设步道，甚至不能散步。建筑物大得多余，连要绕到后方都需耗费一番功夫。

饭店虽大，但十分老旧。

如同出现在昭和四十年代前期电影中的饭店，与其形容为摩登，设计与配色更接近迷幻。再洗练干净些，或许挺时髦，却显得土里土气，又脏脏的。

建筑物老旧的外观，并非刻意模仿那个时代，完全就是那个时代的遗物。屋龄约莫四十年吗？恐怕更古老。

相较于饭店的规模，停车位很少，反映出兴建的年代特色。

只是，大得不寻常。望向海湾边缘，建筑物耸立的形状，仿佛一道防波堤或防风林，外观又不协调。描述得更精确点，像是经过缝缝补补。

毕竟是四家外观截然不同的饭店勉强连接在一起。

打听之下，我才晓得原本是四家不同的饭店。

外观不同，格局独立，显然不是增建，而是各盖各的，再动工连接在一起。

建筑物与建筑物之间，以走廊突兀串联，或用宛如临时小屋的中继建筑物填补。

中央建筑物的正面玄关与大厅，应该是四栋饭店连接完成后增建的。

至于个中缘由，不得而知。

不太可能是合并。

四家饭店竞争的时代过去后，其中三家无法撑持，宣告倒闭，然后得胜的一家把竞争对手的建筑物连同设备全部接收，合为一体。会是这样吗？

不，关键在于，怎么会在如此偏僻的地方，兴建四栋规模相同的温泉旅馆？

交通不便，既非观光胜地，也没有任何吸引人的活动。温泉质量再好，饭店一家就足够。倘若有数家旅馆或民宿，加上商店街，简单来讲就是有人居住，形成所谓的温泉街还能理解，但此处完全孤立于生活圈之外。不是位于主要干道旁，离城镇相当远。除了来泡汤，没别的事可做。

员工约莫是通勤上班。

碍于交通不便，八成是排班制，搞不好有宿舍，但不会有人想住在这种地方吧。不过，饭店里备有生活必需品，或许不会感到不便。

那么，即使不踏出饭店一步，照样能生活。

嗯，应该没问题吧。

多么愚蠢的想象。

不会有人想在这里过一辈子。

是这样的地方。

从这层意义来看，此处确实是荒僻的温泉区。只要有具备木造平房特色的小型旅馆，便足够应付游客。至于饭店，盖一栋已饱和。

光是一栋饭店，营收能否撑下去都很可疑。居然在旁边增建规模相同的饭店，而且是三栋。

实际上，大部分的人都不免会心生疑惑吧。

不，四栋同时兴建，或许是为了竞争。

老板认为客源足够支撑四家饭店吗？还是此地曾繁盛一时？不，那样的话，至少会成为知名的温泉区。然而，这里不仅没列在旅游书上，也从未听熟悉秘境的探险达人提起，根本默默无闻。想必始终默默无闻。那么，会是有什么吸引客人的秘诀吗？

不，肯定没有。就算有，也失败了，看看现状便一目了然。恐怕是四家饭店中有三家经营不下去。

可是，四家分开没办法，一家就行吗？

感觉好像撑不下去，没想到竟行得通。

不然就是四家都撑不下去，有人一口气全买下。宽广得空虚的大厅，设有类似往昔百货公司活动场地的卖场。不是土产店或小店，只能说是卖场。从衣物到贵金属，也有卖食物。制服样式落伍，宛如巴士车长小姐的员工闲散走动，客人不少，但看起来不是日本人，而是中国人或韩国人。是浴衣穿法有些不自然，还是语言不同的缘故？这纯粹是我的印象，不太确定。

温泉不错。

岩石围成的大温泉池，泡起来很舒服。泉质柔软，也不会过热。

类似证明书的文件旁，用毛笔字写着一堆疗效，可惜“请勿裸身在浴池外行走”的告示较吸引人，我没怎么细看。脱衣场的设计近似昭和时代的公共澡堂，脱衣篮又是圆形竹篮，实在太像澡堂，没雇柜台收钱的店员，反倒不自然。

不知为何，脱衣处放着数台电扇，一半故障。

据说其他还有几处温泉。这是当然，原本有四家饭店，浴池想必超过四座。

其中有露天浴池，但没员工积极导引，也没标识。我询问员工，得知建筑物后方有三处泉质不同的露天温泉。

从东馆后门出去，步行一分钟的地方有一座；从新馆与西馆的连接处往山的方向延伸的走廊尽头有一处，最后一处在建筑物内。两座位于户外，另一座是常见的可从大浴池前往的露天浴池吧，感觉要去最容易，但我忘记员工说的是在哪一馆。剩下的两座一定很远。

两座都在靠山那一带。

实在麻烦，我不禁打消念头。

这里空间大得多余，格局又错综复杂，迷路的概率不小。走廊的施工挺随便，就算在建筑物内移动，万一迷路，也可能着凉。尽管颇感兴趣，总觉得疲惫，我决定明天早上再去。

大浴池十二点会暂时关闭，露天浴池二十四小时开放。

根本没有这类标识，可能是我没找到。这里真的太大。

正面玄关的柜台摆着综合介绍的板子，但空无一人。连柜台都没人，入住时花了点工夫，记得没看到旅游指南。

一般情况下，负责客房的职员带客人到房间时，不是该进行基本导览吗？

导引我的女员工看起来年轻，却天生一张老脸，态度颇冷淡。

她拿着观光导游的三角小旗，领我们到八楼，等所有人进房，她便消失无踪。

连茶水都没倒。

怠慢的待客之道、标识不清，离谱到脱离常识。我恍若置身语言相通的异国，或与外界隔绝的乡间——不，形容为时代错乱最贴切吧。

饭店本身、服务和品位，都十分老旧。可是，不同于老字号旅馆，没有任何传统或礼法，也没有历史的分量与风范。纯粹是装门面，却丢三落四，只能做到拙劣的程度，实在是不上不下的老旧感。

该形容为落魄吗？

不是怀旧或古典。不是俗恶，也不是廉价，应当有能巧妙描述这种状况的词汇，却怎么都想不起来。

该怎么说呢？

我想不出最贴切的形容。

我放弃露天浴池，返回房间。只有用餐时间是固定的。

由于会送到房内，我不禁有些期待。据干事说，最近的客人嘴巴被养得很刁，温泉饭店菜色不够好，就不会再上门。

确实，去年大伙儿投宿的温泉饭店称不上一流，唯独料理却令人食指大动。老板娘表示，掌勺的是从京都高级日式餐厅聘来，他们引以为傲的大厨。的确美味。

相较之下，这家饭店住宿费更贵，大伙儿颇为期待，却有强烈的预感，恐怕会大失所望。

毕竟连茶水都没送来。

预感成真，期待彻底落空。

送上来的，全是似曾相识的廉价料理，自然没附菜单。原本预想会以海产为主，却也不是，天妇罗和味噌汤都凉掉。送菜的人穿和服，表情冷若冰霜，饭还得自行动手添。

啤酒不够冰，我开了冰箱里的罐装啤酒。与其这样，不如采用自助式供餐，便不会抱持期待。若是自助餐，看起来难吃的不要夹就行。

约莫是住宿人数太多，没办法服务周全吧。

与其说是没办法，不如说是没那份心意。

众人嚼着解冻不彻底的蟹肉焗烤，露出苦笑。

简言之，只有温泉好。设施盖在温泉上，员工日复一日在这个箱子里重复例行工作，一代传一代。不知营业几十年，然后在这样的反复中，失去服务的概念。

仿佛时间停止。

难道没人要求像样点的服务吗？还是，饭店方面见客人持续上门，以为无所谓？果真如此，恐怕不会有回头客，否则就是喜爱陈腐氛围的偏执怪胎。

怎么形容才恰当？

这种情状……不是怀旧也不是古典，不是俗恶也不是廉价。每一种都很接近，却有着微妙的不同。那到底叫什么？应该有完全符合这家饭店的字眼，怎么都想不起来。

是日语吗？不够彻底的陈旧、寒酸，感觉很没用……

呃……

那个字眼涌上喉头时，有人呼唤我。

我从弹簧快跳出皮垫的椅子上站起。

啊，我在排队等候按摩。

吃完饭，一半成员去娱乐室打麻将，剩下的成员开始喝酒。

然后，我忽然想起一件事。

我的左肩一直很僵硬。

其实我想请人到房间来按摩，但没有这种服务。接电话的柜台老人解释，客房太多，供不应求。师傅光移动就太花时间，应付不来。那要客人移动就没关系吗？不过，仔细想想，按摩师傅没几个，客人却多如牛毛。

柜台人员表示，本馆一楼大厅北侧设有按摩室，要自行前往预约。

我早在房里喝开了。明明三杯下肚，就不能泡温泉。

于是，我打消泡温泉的念头，拨出内线电话。一样是个冷漠的女员工，告知等三十分钟就能排上，我决定散步前往。说是散步，其实全在馆内，但从西馆的八〇五号房走到按摩室，仍耗费超过十分钟。

一个额头异样突出、年约五十岁的娇小妇人，一脸怒容地接待我。她说话的时候口唇突出，听不清楚，似乎在询问要选哪一种服务。我望着墙上的贴纸，选择一个小时的按摩。

她预估三十分钟后轮到我，带我去等候室。

打完电话经过十分钟，等待的时间依然不变。她告诉我会喊名字，要我先坐着。

等候室颇为简陋，不是寒冷的季节，却显得萧瑟。破旧沙发旁放着扁塌的黄绿色收纳盒，底层塞有旧杂志。

抽出一本，是平成二年（一九九〇年）的周刊，不乏更早期的杂志。上层是昭和时代的成人漫画，不知为何，还有《千面女郎》第七集和封皮不见的《顽皮大师》三本，以及几本没听过的黑道漫画。我抽出看起来最新的《千面女郎》，浏览版权页，惊讶地发现是初版。由于是一九七八年发行，其实一点都不新。不过，没有被翻阅的样子，甚至夹着书店用的订书单。

完全是新书状态。

大概是只有第七集，没人要看吧。

被丢在等候室，超过三十年无人眷顾。

或许是客人忘记带回去，一直放在这里。

等候室墙上有块巨大污渍，像是人形，也像突出拇指的拳头。总之，什么形状都不是，乍看犹如泼洒的褐色油漆。没人会在这种地方干这种事，约莫是陈年斑渍，但颜色未免太恶心，又不像油垢。衬得其余地方异样洁白，实在不自然。

我瞪着那面墙……

漫不经心思索形容这栋旅馆的适当词汇，差点忘记在排队。差一点要想起来时，叫到我的名字。

“须贺先生，须贺先生。”

“来了。”我应着，走向声源处。

哗啦啦地穿过最近绝迹的珠帘，来到阴暗的走廊。

按摩室似乎有数间。只见四个出入口，没有门，全挂着珠帘。

我纳闷着不知是哪一间，一身白袍的大个子探出中央的珠帘。

他戴着墨镜，面向另一侧。

应该是盲人吧。

“须贺先生。”

“是。”

这边请，男人含糊招呼，又缩进去。

与其说是男人，不如说是老人。

探头一看，那是约六平方米大的无窗房间，摆放三张按摩床。里面和前面趴着穿浴衣的男人。穿白袍的中年按摩师使劲按压前面客人的腰部，里面的客人则被揉着脚。两名客人都没反应，宛若橡皮人偶。

“请躺在中间的床上。”男人指示。

好像不必换衣服。贵重物品请放这里，他递出篮子。听说可挂房账，我没带钱包，只卸下手表。

那是在脸部相对位置挖有洞的按摩床。

“请趴下。”按摩师说。

我脱掉拖鞋，爬上按摩床，脸对准洞穴位置趴下，闭起眼睛。

“哪里不舒服？”

“左肩紧绷，连脖子都颇僵硬。”

“噢。”

男人不晓得有没有在听，抓住我的右肩。

“不，是……”

“右侧的紧绷会反应在左边，造成眼睛疲劳和手臂酸痛。”

“是这样吗？”

“客人从哪里来？”按摩师问。

“关东。”

“真远。来工作吗？”

“不，呃，类似员工旅游。”

其实不是。我们几个老朋友，一年会相约泡汤一两次，顺便游山玩水。干事轮流担任，已持续六年。不过这很难解释，因为同行的全是年纪相近的男人，借口是员工旅游较不麻烦。

“这里的温泉很不错。”按摩师继续道。他技术极佳，按得我相当舒服。手指从右肩移向肩胛骨，用力一压，我筋骨一阵酥软。“力道还可以吗？”他问，我回答“刚刚好”。我迟钝的肌肉感觉不出那是拇指或食指，到底是怎么搓揉？应该会用上拳头和手肘吧。按摩的指头移到紧绷的部位，真是说不出的畅快。实在太舒服，意识渐渐模糊。我不知不觉打盹，舒适的压迫感规律地传遍全身。

双手抓住紧绷的肩膀，压下去。此时——

啪，是手抓住床沿的声响……大概是这种感觉。

不，等一下。发昏的脑袋思考起来。按摩师的双手都在按摩，是谁抓住床？

一定是心理作用。暂且不管这一点，现在不是超级舒服吗？啊，那里很僵硬，尽情使力吧。对，就是那里。

指头碰到我的右侧腹。

真是灵巧的人，仿佛有三只手臂。不，那不可能是手，按摩师站在另一侧。

这触感不是手指，是别的什么吧……是什么？

我暗暗思忖，手指捏了我的侧腹，我忍不住扭动。

“咦，会痛吗？”

“不，不会痛。”

我睁开眼，别过头。

按摩师一脸恍惚地搓揉我的肩膀。不管怎么调整姿势，从他的位置，都不可能捏得到我另一侧的腹部。室内肯定有别人。

我微微抬头。

右床的按摩师在对面搓揉着犹如橡皮人的顾客双脚。望向另一边，左床的按摩师在揉客人的头。两者都没有移动的迹象，不可能来捏我的侧腹。除此之外，室内没有其他人。

不可能……还有其他人。

“没事。不，真的很舒服。”

“太好了。您的身体确实挺僵硬。”

“是这部分吧？”按摩师双手一压。注意到时，侧腹的触感已消失。

“就是那里，好酸。”

我把脸放回洞穴。

闭上眼的前一秒，我瞥见一样东西。

地板真脏，我暗想。怎么湿湿的？

不……

不对，有东西。

我睁开眼。

地上……

有张脸。

一个老人仰躺在地。

我正要喊叫，背部忽然被用力一压。

肺部的气瞬间挤光，我发不出声。

这……

到底是什么？

皱巴巴的，满脸老人斑。嘴角略略下垂，嘴巴稍微张开，但看不见牙齿。

头上没半根毛。松弛的眼皮睁一半，没有眼白。面无表情，整体给人一种松垮的印象，年纪非常大。

不是眼花或错觉。我瞧得一清二楚，不是投影之类，完全是实体。而且不是人工制造物，是真正的人。

虽然一动都不动，但不是人偶。即使不是活着的，也是真的人……是尸体吧。不，不像尸体。可是……

不，不是幻觉吧。

如果不是幻觉，就是有个老态龙钟的长者仰躺在按摩床下方。怎么会有这么荒唐的事？

是何时出现的？不……

一开始就在那里吗？

我……

一直趴在老人的上方接受按摩？

老人无力的视线，始终盯着闭眼的我吗？难道捏我侧腹部的是……

“啊，呃……”

“咦，会痛吗？”

“不是，呃……”

有人。底下不是有个人吗？不，等等。

按摩师是盲人。即使不到全盲，视力也很弱吧。那么，他不会发现。而我亲眼所见，所以确实存在。

我再次凝神细看。

微微移动。

逐渐逼近。老人缓缓靠近我，怎么会这样？他浮上来了吗？未免太恶心。

“呃……”

“请仰躺。”

要我在这种状态下……仰躺？

“哪里不对劲吗？”按摩师问，我不敢回答“床底下有个老人”，心想眼不见为净，翻过身。

后脑，或者说后颈一带，恰恰是洞穴。

大概……愈来愈接近。

我晓得老人飘浮上来，不断接近。继续浮升会碰到我吧。既没体温，也没声音，只感到他逼近我的后颈，实在是匪夷所思的情况。

用不着想，那绝不属于这个世界。

想到这些的瞬间，我一阵鸡皮疙瘩。“您的身体怎么突然变僵？”按摩师问，“不放松，我无法按摩。”

“呃，我知道，可是……”

啊啊，就快了。

呼。

一口气吹上来。

“好，请起身。”

听到这话，我立刻跳起，回望按摩床上的洞穴。

空无一物。不过地板像浸水，脏得可怕。

是心理作用吗？

那究竟是什么？以常识判断，不可能存在那种老人。

“请坐。”按摩师指示。

我的腿刚放下床沿……脚踝随即被抓住……

我脖子一缩，发出尖叫。确实有股冰凉的触感，但是不可能，按摩师按摩着我的双肩。那么，怎么会有这种触感？按摩师没停手，我慢慢倾身向前，想窥探床下。由于不是被用力抓住，只要抬脚，对方就会放手，但我更想弄清床下的情形。我望向脚踝。

抓住脚的手又小又白。

不是老人的手，而是幼童的手吗？

不，那是小了两号左右的成年女人的手。一被我看到，旋即放开我的脚缩下去。

这是什么？

“结束了。”按摩师说。

我假装边找拖鞋，边观察地面，果然湿得厉害。进来时没发现，但床底下犹如鱼市场的地板，积着腥臭的液体。拖鞋泡在水里，湿答答的。

穿拖鞋时，我屈身望向床底，既没有老人，也不见矮小的女人。可是，地板上确实有着一摊液体。拖鞋濡湿，非常恶心。怎么会这么湿？按摩师反问我是什么意思。

“地板不是湿漉漉的吗？”

“噢，大概是客人的汗吧。进来都会流蛮多汗，我会告诉工作人员，请他们擦干。”

“汗？”

怎么可能？

人才不可能流汗流到把拖鞋都浸湿，不管累积几人份的量都一样。滴到地板上的汗，一下就会干。要是没干，不断累积，室内的湿度会高到何种地步？

体重压在拖鞋上，发出咕啾咕啾的湿黏声响。

取回篮子里的手表，我再度弯身窥探床下，依然只有湿地板映入眼中。

两旁的按摩师仍在搓揉橡皮人般的顾客。那是长于一个小时的疗程吗？还是换过人？

总觉得有些不舒服，我默默穿过珠帘。

按摩师没做错事，技术也不赖，但碰上那样的遭遇实在无法好声好气，反倒比按摩前更不舒服。

实际上，我的肩膀沉重，脖子僵硬。

穿过等候室来到大厅，四周莫名阴暗。大厅柜台仍不见服务员的身影，店铺的照明全熄，岛状陈列的商品罩着网子。

明明时间不算晚，这是常态吗？

我慢吞吞逛着。

简直像乡下的百货公司。展示着年轻人不会穿的品位糟糕的衣服、缀有许多珠饰的包包，食品意外地少。比起这些，难道没有卖伴手礼的店吗？不，在这层意义上，此处卖的都算伴手礼，只是感觉与日用品卖场没两样。即使是长期投宿，谁会买满是金葱的单薄毛衣？

脖子酸痛。我有点后悔，早知道不要按摩。

有一排展示柜。

刚到的时候，我仅仅瞥一眼，甚至没逛，但有点好奇，于是稍稍探看里面。

展示柜里摆的全是石头。

这里是石头产地吗？不是什么好看的石头。从任何角度端详，都是普通的石头。

全是石头，而且分别标着名称和价钱。不知是字体太小或太阴暗，根本无法辨读。我想着“看不清啊”往前走，不经意抬头，发现展示柜后方坐着店员，吓一大跳。

她穿着往昔的车长制服，至少有六十岁，是个老婆婆。

“这些石头是当地特产吗？”

“煎煮服用有药效。”

“服用？”

拿来煎吗？店员既不笑也不推销，无力注视着虚空。我询问有何功效，她只回答“很多”，毫无做生意的干劲。

我浏览着石头往前走，不知不觉离开大厅，周围变成寒酸的游戏区。

这是连通西馆的地方吧。

好像没有最近的游戏。疑似抓娃娃机的看起来是新型机器，几乎都空了。其他就是小蜜蜂和麻将台，约莫是三十年前的游戏机。虽然有五台，但三台没电，一台画面裂开，以胶带粘贴补修。

大概是往这边吧。

我没有确切的把握，却不停往前走。

途中脚下变成走廊。右边是窗户，窗外一片黑暗。只看得到类似热水器的东西。

左边的展示板装饰着画作。

贴了一张纸，写着“受刑人作品展”。

受刑人？

用廉价的框裱起来，全是画得很烂的作品。这样展示有意义吗？根本未达到供人观赏的水平。相较于画，框高级得多。甚至有用蜡笔画的，还不如小学生。

标题也一样，简直莫名其妙。

画的确实是疑似人的东西，但构图和笔触都糟得一塌糊涂。

走一段路，又出现一张纸，写着“我们犯的罪”。

居然……让受刑人画这种主题？

的确，仔细一瞧，是犯罪者的画。只是画得太幼稚，看不出来而已。有人倒地、胸口插着物品，或被勒住脖子、吊在绳子上，全是充满低级趣味的画。这样有什么意义？画下过去犯的罪，心境会有所不同吗？透过客观审视自身的行为，会产生任何改变吗？还是有助于更生？

我陷入灰暗消沉的情绪。

即使如此，不知是出于好奇，或是天性热爱低俗事物，我忍不住偷瞄。

画得愈好，看着愈不舒服，理所当然。毕竟超过八成是杀人的画。附近有专门关凶杀案受刑人的监狱吗？甚至有首级的画。

沿途研究墙上的画，我抵达走廊尽头。

最后一张画旁，展示板角落粘着像瘤的东西。

是虫卵吗？定睛一瞧，发现是一张女人的脸。非常小，顶多五厘米。原以为是割下写实模型贴上的，我近前细看，女人忽然咧嘴一笑。

搞什么鬼？！

我猛然后退。这是什么机关？

再次凑近观察。那张脸肤色白皙，没有眉毛。五官端正，唯独嘴唇是红色。

十分精巧。

“藏也没用。”

女人说，嗓音像吸入氦气。

这东西在胡扯什么？看我捏碎她。

感到恐怖或怪异前，我冒出这个念头。

我……

哪有在藏什么？

我瞪着女人。

女人闭上眼睛和嘴巴，相当安分。

我移开目光。

这样下去，身体会着凉。难得泡温泉，还接受按摩，怎么会浑身倦怠？脖子好重，比按摩前更沉重。肩膀和背也好痛，甚至感到阵阵恶寒。

干劲全失，我应该待在房内喝啤酒。

快回去吧。

我张望四周，景象极为陌生，也许不是西馆。

然而，找不到标识。

折返又教人气恼。不，我是不想经过那女人面前。

前进一段路，看到灯光，以及写着“拉面”的广告牌。

拉面店开到很晚也不奇怪。我不想吃拉面，但想打听怎么去西馆。探头望去，发现吧台里坐着一团恶心的东西。

那不是人。

会是什么?

不是墙上的污渍吗?既然如此，问也是白问。污渍怎么可能回话?那么黑，又一团模糊，肯定不是人。

我感到阵阵寒意。

着凉了吗?真讨厌。

行经拉面店，路过打烊的冰淇淋店。

角落摆着一座莫名其妙的大铜像，旁边木牌上写着“以色列王”，实在太莫名其妙。越过铜像，来到阴暗的走廊，总算发现标识，我近前查看。

楼梯记号底下画着往上的箭头，写着“露天浴池”。

上面就是先前不知在哪里的第三座露天浴池?

指示的方向确实有道楼梯。

重新泡暖身子比较好，我走上楼梯。

拖鞋仍是湿的，非常恶心。每踩上一阶，便发出吱吱声响。我往平台处用力一踏，挤出肮脏的液体。实在太脏，得再洗一次澡，否则会受不了。我暗忖着，继续上楼。

楼梯上亮着紧急逃生指示灯，但二楼一片漆黑。

一定在更上面。

继续往上爬。愈爬愈火大，我哪有藏什么？有什么好藏的？那女的太没礼貌。这家饭店到底多没礼貌啊？至少该放个标识吧。居然在饭店里迷路，回不去房间，真是夸张。话说回来，怎么会这么冷？现在是泡完澡出来会着凉的季节吗？

不是夏天吗？啊，好冷，会着凉。脖子上似乎压着东西，异常沉重。

不管怎么爬，楼梯仍遥遥无尽。

究竟有几阶？刚这么想，楼梯忽然到底。眼前出现一道门，像是通往屋顶。

我往下望，但楼下乌漆抹黑，无法估量爬了多高。

开门一看，是约四张半榻榻米大小的和室。

我脱下吸饱脏水的拖鞋走进去。

没有窗，什么都没有。

只摆着老旧的衣物箱及古董镜台，其余空无一物。这是客房吗？哪里弄错了？

我先关上门。门颇难关，仔细一瞧，内侧没有门把。要怎么从里面打开？

……来不及想，门已关上。

这样岂不是出不去？

我再度环顾周围。

想开灯，却找不到开关。没灯光也没窗户，仍依稀能窥见室内的情况。只有摆放衣物箱和镜台，且弥漫着一股灰尘味。大概是几十年没使用过的房间吧。

然而……

不知为何，镜子倒映出一张中年女子的脸。光线不足，镜面又脏，看不真切，但肯定是个中年女子。虽然可能是墙壁的污渍。

话说回来，没有任何照明，我却能看见，实在奇怪。

微弱的光是从哪儿来的？

我望着镜子，总觉得脏兮兮。镜面沾满不晓得是生锈还是霉菌的斑点。

那不是现代的女人吧。

我站在房间中央，仰起头，发现天花板开了个方洞。原来如此，是月光啊。

我默默想着，镜中如污渍般的中年女子蠢蠢欲动。那是一种恶心的动作。尽管她应该没办法离开镜子，仍十分倒胃口。明明没人，怎么会映在上面？是过去的遗物吗？是倒映出住过这个房间的人吗？处在往昔与现在交汇的空间，不舒服到极点。我恨不得逃离，于是把衣物箱拖到中央，爬上去抓住天花板的洞沿。上方是屋顶吧。

嘿咻！我猛然使劲。

挤出上半身。

如我所料，外头是屋顶。乍看是随处可见，极为普通的大楼屋顶。刚要抬起一只脚，另一只脚却被抓住，力道不大。反正是那只小手吧，我一脚踹开。

没费多大工夫，便成功爬上屋顶。

很像以前就读的高中的屋顶。

光脚走在冰凉水泥地上十分爽快。

不对，这才是心理作用。不过是脱下湿答答拖鞋的感触，哪有什么爽快可言？风温温的，带着腥臭味，完全没有来到户外的开放感。天空看不见星辰，应该出现的月亮朦朦胧胧，无法分辨光是从何处照过来。

山峦黝黑。

大海漆黑，犹如墨汁。

屋顶广阔。

难道只有屋顶连接四家饭店？

不，不可能，饭店是以廉价打造的走廊相连。明明四栋建筑高度参差不齐，眼前的屋顶却平坦广阔，好似无边无际。

中央还盖着铁塔，构造怪异。定睛一瞧，我发现不是铁塔，其实是温泉橹。

温泉橹怎么会盖在屋顶？有没有搞错？

温泉橹冒出滚滚蒸气，所以建筑内异常潮湿。按摩室的地板也是因为这玩意儿才会湿答答的吧？但又不温暖，设置目的何在？

经过温泉橹，景色益发奇妙。

乍看仿若泳池。不，就是泳池。面积有一般学校泳池的四五倍大，外观却完全相同，只是较浅，像鱼塘一样。灌注的是热水吗？蒸气不断，会是温水游泳池吗？不，这是……

——是温泉。

原来如此，这便是第三座露天浴池，并未标示错误。可是，这样谁找得到？

根本没人能顺利抵达吧？

这么一想，我凝神细看，遥远彼端隐约有道人影。

蒙蒙蒸气中，有人泡在池里，只冒出脑袋。

果然是温泉，绝不会错。

池畔有汤花结晶。白、黄、绿及颜色更肮脏的结晶，呈凹凸不平的疤痕状扩散。气味也是温泉的味道，相当臭。是硫黄温泉吗？

我……

毫不犹豫地脱下衣服，把脚伸进去。

好温。这么温，却冒着蒸气，表示外头气温很低？

这池水异常富有黏性。与其说是池水，更像油，或是凝胶。透明度高，黏性却颇强。由于不滑顺，并非滑溜溜的感觉。抵抗力相当大，教人难以移动。

然而，我却一下就沉到肩膀。为什么？一定是池水里的时间流速缓慢。多么不便的温泉，这样无法优哉游哉地泡暖身子吧？

不对。

这……是我的内心嘈杂不安的缘故。不管是怎样的温泉，只要平静、放松泡着，身体就会逐渐暖和。不泡到里里外外暖透，便容易受凉。先放轻松，别满脑子想着得赶紧回房，或烦恼往后的事，接纳当下的状态。

啊！

这，这温泉池水，会不会是我杀死的女人的体液？

妄想扩大。我杀过人吗？不，怎么可能。

哪有这种蠢事，那才不是我的记忆。我怎么可能杀人？我光明磊落，什么都没有隐瞒。只是池水有些黏稠。另一边在泡温泉的客人，那不是……

那不是墙上的污渍吗？

原来是人吗？

身体要热不热，变成与池水一样的温度吗？池水很黏很黏很黏，我无法动弹。

好在意热气彼端如墙壁污渍的客人。想出声攀谈，可是黏成这样，我有办法过去吗？

没办法，太遥远。

对方大概是个老人。看那皱巴巴的秃头，是老人吧。

那个人恐怕一直泡在这里，皮肤颜色才会像死掉一样。原来如此。

我并未隐瞒。

我……

想必就是那个老人。始终泡在这里，几年甚至几十年，不断泡在黏稠的温泉里，一点一点缓缓移动，花上几年甚至几十年，总算走到那边。我只能在充满过去的温水池中，在时间流速停滞的黏稠液体中，磨磨蹭蹭地慢吞吞移动。

别再试图回房间，反正已回不去了。

这么一想，突然涌起既怀念又安详的心情……

就像墙上的污渍。

髻设尼坡

けしに坂

陡峭的坡道上，浮着一朵形状像狗的云。

天空蔚蓝清澈，云朵白皙鲜明，明亮得近乎清爽，然而下界却是一片晦暗，异常阴沉。就像一张只有天空部分被割下来的老照片。

我去参加父亲的十三周年忌日法会。法会本身并不特别，顺利结束，重点是接下来的酒宴颇难熬。酒难喝，饭菜难吃，还得应付平常鲜少交谈和往来，连长相都不认识的亲戚，实在吃不消。

喜事就赔笑，丧事就摆出哀伤的样子，可是面对十几年前逝世的人，我不知该采取怎样的态度。

有人建议，可谈论与故人的回忆，但行不通。

我与父亲的回忆，无法和在场的人共享。那是死去的父亲与我的回忆，只属于我们，和亲戚没关系。

要逐一解释非常麻烦。

况且，我讨厌晚年的父亲。

小时候没这种感觉，成年以后，我和父亲之间只剩疙瘩。年纪愈大，父亲愈加抑郁，成为难以令人尊敬的讨人厌的老头。不是变得偏执或顽固，而是以一个人来说，变得卑微。他卑躬屈膝，又硬不认错，猜疑与依赖心深重。

或许父亲原本就是这样的人。

我不清楚父亲年轻时代的为人，也不想知道。

如果发现那是天性，我会更讨厌他。

连美好的回忆都会遭到玷污。

况且，好的回忆比不好的回忆古老，要深入挖掘，必须通过不好的回忆，我无法忍受。

我不想讲逝者的坏话。

但一定会变成坏话吧。

实在令人无法忍耐。

我谎称身体不适，把后续事宜托付给姐姐，溜出宴席。我在大厅稍稍休息，心情迟迟未能好转，只得离开会馆。即使离开，也不知该往何处去。舒畅的晴朗秋日，我想散散步，于是绕过寺院境内，穿出后门。那里有条坡道。后门的正前方是一片森林，或者说树丛，向右望，沿着寺院围墙就是一条细长的坡道。

我仰望坡道，忽然听见一声呼唤。

转过身，发现一个老太婆蹲在门的左侧。那是近来几乎绝迹，头绑手巾的和服老太婆。

“你要上这条坡道？”老太婆问。

我没打算上去，但也没否定。

“这条坡啊，叫髻设尼坡。”

“髻设尼？”

“文殊菩萨的使者童子。”

喏，老太婆指着门内。回头望去，看得见寺院。

“这里的本堂，不知为何，出入口向着旁边吧？就算从三门[①]进来，看到的也不是正面。”

确实如此，我完全没发现。

“原因是什么呢？”

“无人知晓，”老太婆继续道，“可是，木尊的文殊菩萨，总是面向这里。所以菩萨的灵验啊，都在这条坡上。”

“哦，那么……”

“这是一条吉利的坡道？”我一问，老太婆顿时沉默。

鸟儿叽喳啼叫。

“要上坡的话，最好别逗留，尽快上去。”老太婆接着道。

“为什么？”

---

① 指寺院本堂的正门。

“爬上这条坡道，会想起遗忘的事。爬得愈慢，想起愈多。”

“那不是挺好？”我回答。

“我记性不佳，如果能忆起往事，益处多多——”

我心不在焉地应着，老太婆板起满是皱纹的脸。

“你知道……”

“嗯？”

“人为何会遗忘呢？”

“这个嘛，不够聪明吧？”

“因为不想记得。”

“咦？”

“不想记得，才会遗忘。”老太婆愤愤道，“忘记和不记得是两回事。不是把记得的事丢弃，只是不再想起罢了。至于为什么不再想起，当然是不愿想起。”

“不愿……想起？”

“要是记得一切……人就活不下去啦。”老太婆祈祷般说。接着，她念诵着“唵阿啰跛者娜唵阿啰跛者娜”，不知是咒语还是真言，真的祈祷起来。

我的视线从那弯腰驼背、异样娇小的身躯转向坡道，缓缓踏出脚步。虽然我没打算上坡。

不知上去会看见什么。

坡道铺满石头，在各处形成矮阶。

右侧是寺院的土墙，左边是树丛。过顶端坡道似乎就往下，上方是天空。

天空明亮清澈，蔚蓝得炫目。

蓝天中，云朵彻底洁白，鲜艳刺眼。

听着老太婆说话，不知不觉间，小狗云朵变化形状，看起来已不像狗。

可是，地上阴阴暗暗，是对比的缘故吗？

寺院的围墙较一般高，树丛郁郁葱葱，仿佛走在凿开的山路。由于天空澄澈，模糊远近感，也像误闯视觉陷阱画。

明明确实在前进，却感觉在倒退。

甚至有种原地静止，景物如灯笼旋转不停的错觉。我想停下脚步，回头确认蹲着的老太婆的身影，又打消念头。

我害怕。

话说回来，这坡道真长。那座寺院的境内如此广阔吗？

寺院后方是墓地？这道围墙也许不属于寺院，而是墓地。

左树丛略略出现缺口。

从缝隙可窥见民宅的庭院。偷看颇失礼，我直接经过。树丛再次绵延。

总觉得……那庭院令人怀念。

小时候，我住的古老日式房屋有中庭。

木板围墙的一部分是篱笆，虽然没设石灯笼，但铺有庭石，种着矮木，是随处可见的庭院。

我们在庭院捣年糕，或放线香烟火[①]。

也在缘廊赏过月。没特别活动的日子，经常在庭院玩耍。

玩得很疯。

那是几岁的事？

当时我个子矮小，是四五岁吗？

还没上学。

玩泥土、拔草、观察虫子。翻开石头，底下躲着鼠妇或蚯蚓。现在觉得恶心，连看都不想看到，小时候并不以为意。

到底哪里好玩？

好不好玩或许没关系。那是单纯活着，就愉快无比的时期吧。

我蹲在庭院，翻开石头。

不料，瞥见缘廊底下有个面庞鲜红的女人。

她趴伏在地。

望着这里。

黑暗的缘廊底下，全是蜘蛛网、灰尘、泥巴、老鼠粪之类的脏东西，连阳光都照不到，又湿又暗。

她的面庞像抹上不溶于水的红色颜料。

---

① 日本传统烟火。关东多为竹签或稻草秆前端包裹火药，而关西多为纸捻前端包裹火药制成。火花形态类似中国台湾的仙女棒。

在一片漆黑中，怎么辨识得出是红色？连眼眸都是红的。

鲜红的女人直勾勾瞪着我，双眼睁到不能再大。那是谁？

我动弹不得。

不知僵持多久。

数到十，还是数到一百？我甚至忘记呼吸，回瞪着鲜红色的女人。

那个时候……

对，鸟叫了。

嘎。

嘎，嘎。

瞬间，那个女人，鲜红的女人双手猛然一动，所以——

我慌忙逃向后面的木门。

我冲到后巷的十字路口，绕过转角，躲在邮筒后方窥探情况。天色依然明亮，却没半个行人，一片闲寂。

我提心吊胆地折返。回到转角，探看家中。

篱笆，忽地沙沙一晃。

我吓得缩回身体，再次胆战心惊地探头，发现女人侧躺在篱笆底下，半张鲜红色的脸贴在地上。

女人瞪着我。

我倒抽口气，全速跑向公园，一直待到傍晚。不知为何，公园空无一人。我怕得不敢回家，抖个不停，垂着脑袋坐在秋千上。

夕阳鲜红，就像那个女人，非常恐怖。

路灯亮起时，担忧的母亲来接我。

母亲四处找我，神情十分不安。见到母亲，我松口气，仍无法安心。

因为要回去那个家。

我不想回去底下藏着颜面鲜红的恐怖女人的家。万一她从缘廊底下爬出来怎么办？母亲和父亲打不赢那么骇人的怪物吧。

何况，母亲和父亲都不晓得家里有那种怪物。

可是，我没办法好好解释。

我说不想回家，母亲露出古怪的表情。母亲把我带到家门前，我还是说不想回家，于是挨了骂。

那个女人肯定在缘廊。

吃饭的时候，睡觉的时候，脸庞、眼睛和双手鲜红的她都蹲趴在地板下。

我好怕，好怕，好怕。不能再去庭院玩耍，也不能走到缘廊。

如果我待在缘廊，那双鲜红的手抓住边缘，探出来，我一定会活活吓死。不，光想到她一直潜伏在地板下，我就怕得几乎快死掉。即使吃着饭，也食不知味。钻进被窝，仍睡不着觉。

垫被的底下，榻榻米的底下，地板的底下。

又黑又脏又窄又冷又湿又恶心，那恐怖的缝隙。

鲜红色的女人始终在那里。

思及此，我就好怕好怕好怕好怕好怕，怕到无法呼吸，活不下去。所以，所以我，我……

我做了什么？

我什么都没做。由于太害怕……

所以忘了。忘记一切。

没错。

直到今天，都忘得一干二净。那究竟是怎样的情况？以常识来看，缘廊底下不可能会出现女人，肯定是幻觉。

不过，我终于想起。

不，那段记忆，真的是我想起来的吗？不可能吧？那不会是此时此刻捏造出的记忆吗？现在的我不认为那是事实。若是事实，怎么会……长久淹没在记忆中？

我爬上石阶。脚下的石头老旧，长着苔藓。

总觉得没力气仰望坡上，没办法，我只好盯着寺院的围墙，然后转头看树丛。

与其说是树丛，不如说是接近树林。树林缝隙间设有围栏，大概是深处建有学校。

围栏内侧大概是操场吧。

是小学、初中，还是高中？

是高中。

不知为何，我这么认定。

我就读的是私立男子高中，虽然不是升学名校，运动风气却极为鼎盛。经常听到参加大赛拿到冠亚军、破大会纪录之类的英勇事迹。可惜我不是体育健将，只能在一旁加油，度过自惭形秽的三年。

上高二时，母亲过世。

为了处理葬礼等后事，我请假一阵子。

姐姐在国外留学，祖母在住院，我必须请更长的丧假，到第十天左右才去学校。

那时，我是不是独自在操场角落吃便当？

怎么会在那种地方吃便当？应该不是母亲逝世，太伤心的缘故吧。

当然，我像一般人一样受到打击，但自认已想开。况且，不管再伤心，躲在操场吃便当毫无意义。所以，应该不是在闹脾气吧。

不过，我依稀有印象。

那是午休时间，足球队或一些运动社团仍在练习，真是努力。时值秋天，操场的树木染上枫红，校舍屋顶看得到小小人影在玩耍。我一向在教室吃便当，偶尔会去屋顶玩。我不曾从远处眺望校舍屋顶。那不是平常会看到的情景。

角落的树木底下，长着草的地方。

约莫是从那里看到的景象。

对了……

我顿时想起。

那天，父亲为我准备的便当。

我是不是对父亲做的便当感到丢脸？小时候，我觉得母亲做的便当十分普通，现在回想，那原来是赏心悦目、非常讲究的便当，和父亲做的便当不一样。

父亲以前没做过便当吧。

望着父亲在厨房手忙脚乱的样子，我很感谢。

但其实挺讨厌。

仿佛在逼人领情，惹人同情。

父亲做的便当，放着颜色难看的崩坏煎蛋、小香肠、炒菠菜，塞满白饭，并覆盖淋了酱油的海苔。即使是奉承，也说不出令人食指大动的话语。

我打开盖子，瞥见菜色，偷偷离开教室。我不想让同学看到，不是担心会被嘲笑便当做得丑。我不曾为那种事情受到轻蔑或欺侮。

可是，我就是讨厌。

学校和家里是不一样的地方。

我不愿把家中的情况，或者说类似父亲的影子，带到家以外的地方。父亲做便当，应该只有那么一次。后来我委婉地拒绝了。

"爸工作那么忙，我自己准备啦。"

比起做便当，照顾奶奶更要紧吧。我约莫是说了类似的话。

我强硬地表态。我不断提醒父亲到医院看望奶奶，不是吗？最后我拉着不情愿的父亲，带他前往奶奶住的医院，不是吗？没错，我们一起去探病。

然后，那天夜里，奶奶逝世。

又是丧礼。

只上学一天，便得请假。我总共离开学校半个月之久。

除了那一天以外。

在操场吃便当那天。

后来我不是自制便当，就是在学校餐厅解决。没错，那天我在操场角落的树下，吃父亲做的便当。

那时，我怀着复杂的情绪打开便当。

寒酸的便当。看上去不美观，许多细节都敷衍交差，但父亲是认真为我准备的，我应该感谢。这一点我明白。

尽管如此，我就是不希望旁人瞧见。

不是便当丢脸，而是觉得顾虑父亲的自己超逊。

可是，我没办法无意义地装模作样。说着“看起来好难吃，怎么吞得下去，干脆倒掉”之类的话，对父亲过意不去，所以不想让同学看到。

我打算速速解决，于是拿起筷子。

手顿时停住。

颜色丑陋的煎蛋和没煎透的香肠之间，塞满许多头发。

那不管怎么看都是头发，一点都不像食物。我试着捏起一绺，果然没错。拔出来的是又长又油腻的白发。

怎么回事？

不是父亲的头发。

也不是不小心放进去的吧。

是故意放的吗？怎么可能？

那么……

我凝视便当。

接着，饭上的海苔沙沙动了起来。

我屏住呼吸，夹起海苔。淋过酱油的海苔湿答答的，没办法完整掀开，掀到一半就破掉。

破掉的地方，露出一张嘴。

那是人类的嘴。土黄色、皱巴巴的嘴，埋在饭里。

嘴巴笨拙地扭动，说着什么。

没错，在说话。

说些什么？

到底说些什么？

说着……

"忘恩负义。"

嘴巴这么说。

我随手扔出便当。

难吃的便当菜撒落在草地上。饭、海苔、煎蛋、香肠、菠菜，一样都没吃，全掉在地上。

我做了很坏的事。

没有头发，当然也没有嘴巴。一切皆是幻觉吗？

我捡拾掉落的饭菜，塞回便当盒，拿到后面的焚化炉倒掉，连便当盒一并丢弃。

我仿佛做了更坏的事，不禁心生内疚，下午的课完全听不进去。我的耳朵一直听见那沙哑的、全由气音构成的……

“忘恩负义”。

这四个字。

那是——

没错，是奶奶的声音。所以……

我是不是早就知道？

知道奶奶这天会死掉。

那么，如果不是幻觉，表示奶奶怨恨我或父亲吗？我们做了令奶奶怨恨的事。虽然不晓得奶奶在怨恨些什么，但若不是这样，垂死的奶奶不可能说出“忘恩负义”之类的话。尽管毫无自觉，我和父亲恐怕对奶奶做了残忍的事。

这么一想，我有些难以承受。

想到奶奶遭家人背叛后离世，真是可怜。更难以接受自己背叛奶奶的事实。

糟糕透顶，沉重到几乎活不下去。

所以……

所以我才会忘记。遗忘一切。

之前我忘得一干二净。母亲和奶奶相继逝世，在我的认知里，并无奶奶憎恨家人的事实。

我根本没这么想过。

不，这样的事实不存在。就连那一天，也是我内心不安，催促父亲赶往医院，才能在奶奶咽气前见到她最后一面。我们一起为她送终。

不过，我们抵达时，奶奶几乎已无意识，讲不出话。不晓得能否感知到我们在她身边。

临终之际，奶奶树洞般的嘴巴开开合合……

啊啊。

不，那嘴型和动作。

原来如此。那……是在说“忘恩负义”吗?

不对。

我的脑袋一团混乱。奶奶没出声，那是痉挛。只是那幕景象，与之前操场的记忆纠缠在一起吧。没来由的内疚捏造出这样的记忆，肯定没错。

不。

没什么捏不捏造，我真的忘得一干二净。也不是忘了，我压根儿不记得。毫无记忆的事，不可能想起，亦无从忘记。倘若是捏造的，就是刚刚捏造而成。这是刚刚冒出的记忆。

话说回来，这条坡道好长。

我爬了多久？

树丛变成高耸的杂草，变成草原。

寺院的围墙早就在身后。

围墙之后是什么？没有任何特别的地方。

左右的风景总无法进入脑中，眼前只有坡道。当然，这是心理作用。

爬到这么高，若半途折返，实在无法接受。要折返也得先爬到坡顶吧。

我拖着沉重的步伐前进。

胡乱想着多余的事。

母亲为何会过世？

是不是自杀？我觉得像是自杀。这么一提，母亲不是在卧室上吊吗？所以警察上门处理，手续相当费时。

或许是这样。

没错。

我依稀目睹过两次上吊的情景。

伸得长长的脖子，从下垂的肩膀无力悬挂的胳膊、翻白的眼眸、半张的嘴巴，伸出一半的舌头及口水。

无力悬挂的……

第一次是母亲的尸体。

第二次是什么？悬挂着谁？我发现谁的尸体？

那是什么时候的事？

什么时候？

还什么时候，不是那么久以前。当时，我在和亲戚讲电话，讨论父亲十三周年忌日的法事。明天谁会出席、在哪里、几点开始，我讨论着细节，打开卧室的房门一看……

妻子死掉了。

是昨天。

不过是昨天的事。

悬挂着的是妻子。妻子，死掉了吗？死了吗？

不是死了吗？不就是死了吗？不就是挂在那里吗？

翻开的眼白都充血了，不是吗？

如同缘廊底下的女人的眼睛。

啊啊。

然后我怎么了？为何若无其事地坐在这里？参加完法事，爬坡打发时间，未免太奇怪。妻子的尸体呢？我有没有报警？救护车来过吗？我到底……

不。

我什么都没做。

妻子的遗体还吊在家里吧。至于为什么……

我忘记了。

我忘记妻子死掉了。

直到刚才，我都忘得彻彻底底、一干二净。

若要问理由……

死掉的妻子，嘴唇半张，无力伸出的舌头，阵阵抽动。

“忘恩负义。”

她这么说。我好怕好怕，怕到甚至无法呼吸，怕到实在活不下去。

于是，我关上卧室的门，忘记一切。

如果不忘记，就活不下去。

我没看到妻子的尸体。

地板下不可能出现鲜红的女人。

病人怎么会在便当盒里喃喃抱怨？

都死了。

都死了，还想干吗？主张什么？我一无所知，没道理受到怨恨。

全是血口喷人。况且，那么可怕的事，谁记得啊？怎么可能记得？

我用力甩头，来到坡道终点。

我抬起头，坡上是一片蓝天，还有朵朵白云。

炽烈的阳光下，不知为何站着漆黑晦暗的……

父亲。真不爽，我讨厌父亲。父亲不悦地垂着头，拱着肩，兀自伫立。一个鲜红色的女人攀在他背上，白发蓬乱的干瘪奶奶紧抱住他的腿。奶奶的嘴巴一开一合。鲜红色的女人是母亲，明明是母亲，却是妻子的脸。

我努力不跟他们打照面，从旁边绕过。

然后，我决定忘记一切。

我决定忘记一切，当个忘恩负义的人。

昔冢

むかし塚

谈谈我记得的事。

一栋有些歪斜的木造公寓。

不知是脏污还是被晒得褪色，墙板泛黑，外观变成暗淡的焦褐色，建在坡道底下的尽头处。那是面对大马路的角地，地点不错，但没人长住。多半是季节工之类的短期房客，不断有胡子脸、面容肮脏的中年男子来了又走。或许是某处工棚的宿舍。

由于住户更迭频繁，往往不和邻居打交道，街坊敬而远之。

不，纯粹是印象，不记得有人警告我别靠近那栋建筑，或留意那栋公寓的居民。

从我家不管去哪里，都会经过那栋公寓。周遭多是住宅、自营商店、银行宿舍，环境并不差，只是氛围有些不同。

那不过是小孩子的感觉，可能根本没有任何不对劲。

当时我念小学一年级。

由于个性内向，体质虚弱，我不常在户外游玩，也没上幼儿园，但不是生病。在懵懵懂懂的状况下被丢进学校，内心非常不安。

跟现在不一样，当时没有“拒绝上学”一词，上学是天经地义。

比起讨厌，更接近害怕。

虽然不觉得麻烦，我仍十分畏缩。

我不曾受欺负，亦不曾感到快乐。

营养午餐我吃得很慢，每次都得留下。新生下午没课，用完营养午餐就放学，条件是必须全部吃光。我并不挑食，纯粹是没办法狼吞虎咽。

老师不会生气，总叮嘱“不能剩下，要吃干净”，耐性十足地等我。虽然温柔，却挺烦人。

起初，包括我在内，吃太慢被留下的有数人，渐渐少一个、两个，转眼人数骤减。与其说是速度变快，不如说是抓到诀窍吧。不管过多久，我依然不得要领。

两周后，留下的只剩两个人。

除了我，还有一个叫良子的女孩。

良子……大概是这个名字。

不记得姓氏。

良子留着娃娃头，眼睛和嘴巴都很小，塌鼻子，脸像个红豆面包。

昭和中期的小孩与现今不同，看起来总有些穷酸。我的外貌自然不免俗，一脸寒酸。不过大伙儿都一样，所以不怎么在意，但回想起来，我觉得丢脸极了。

在这群穷酸小孩中，良子的穿着格外穷酸。

记忆中是这样的。

刚入学时，我没交到称得上“朋友”的朋友，自然无法融入班上。我甚至不敢向女同学搭话，根本不记得班上女生的脸和名字。对于良子，只觉得她是脏脏的女孩。

有几天，我们一起留下。

“你们好像女儿节摆饰的娃娃。”老师这么说过，我印象深刻。

有点讨厌。不是害羞，而是真心讨厌。

入学一个月后，我终于能在规定时间内吃完营养午餐。

良子比我早，还是我较快，我不记得。当时的营养午餐菜色，包括吃些什么、好不好吃、味道和口感，我印象全无，仅仅残留克服试练般的心情。

接近学期尾声，我总算融入班级，在暑假前交到几个要好的朋友。

虽然记住同学的脸和名字，如今已想不起每个人。记得的主要是男同学，关于女同学的记忆模糊。

除了常出风头的几个女同学，我毫不关心。当时男女生鲜少一起玩，没必要记住。

放学后，我们会热烈讨论动画。

我没看过原作，听朋友评价漫画比动画有趣，便非常想看。谈笑过后，我和朋友道别，随即发现良子在后面。

原来她家就在附近。

她一身不起眼的打扮，顶着红豆面包般的圆脸。

既没互相打招呼，我也没主动叫她，可是，我们自然而然说起话。尽管曾一起留下吃营养午餐，但不曾交谈，我根本不晓得事情是怎么发展的。

“我有那本漫画。”良子表示。

她可能早就加入我和朋友的对话，只是我没发现。

“要借给你吗？”良子问。

我十分想看，于是回答“借给我、借给我”。

在大马路走一小段，来到我回家的坡道入口。良子停下脚步，说“我家在这边”。她应该是这么说的。

是那栋歪斜的公寓。

应该没错。

隔天，我把这件事忘得一干二净。

由于没别的交集，我没和良子说话，良子也没来找我。

直到第一学期的休业式，我才想起这件类似约定的事。

不知为何，我突然想起。不晓得是基于怎样的契机。

放学后，我喊住良子。

“你不是要借给我漫画吗？”

良子一愣，回答“漫画在朋友那边，还不能借给你”。我无法明确忆起她的脸，却莫名记得她的表情。

啊，她在骗人。

我的家境并不富裕，房子是租的，又小又脏。但小学生的我，仍觉得比那栋公寓好一些。实际上，这样的认知也是对的吧。

所以，连我都买不起的漫画，良子不可能拥有。她在吹嘘，我没戳破。那是个小谎言，揭穿对彼此都没好处。我和要好的朋友一起回家，当天就把漫画的事抛到脑后。

暑假过去一半。

当天一早，我便与四五个朋友出游抓昆虫。

没什么收获，仅仅抓到两只不怎么稀罕的普通蝴蝶，但玩得挺开心。我们浑身大汗，在天黑前互相道别。

夕阳异常美丽。

道路和电线杆染上斑驳的橘色。在那片橘红中，我拿着捕虫网和捕虫笼，独自走着。

很快地，转角的公寓映入眼帘。夕阳下，歪斜老旧的建筑益显漆黑。

天气燠热。

公寓前的石头上，坐着一个穿汗衫、满脸胡子的男人，正在抽烟。男人的脸和脖子汗涔涔的，衬衣紧贴皮肤。我有些害怕，稍微避开他继续走。

从公寓数过来第三间、第四间附近，不知为何，有户人家在屋檐下造了座笼子养鸭，而良子……就站在前面。

想不起良子的神情。

不过，她似乎穿着毛衣。在那个时节，穿毛衣太离谱，可能是我记错了。或者说，我只记得一起留下吃午餐时，良子穿的衣服。

良子咧开嘴，露出笑容，说着“这个……”把书递给我。

好像是漫画。

啊，这么一提，我向她借过漫画。于是，我接过书本。收下后，我发现那是没看过也没听过，完全陌生的漫画，不是我想借的动画原作。

“很好看噢。”良子强调。

根本不对嘛——

我怎么都吐不出这句话，只回一声“拜拜”，没道谢也没告知何时归还。至于理由，我真的不知道。

夕阳下，良子开心地咧嘴笑着。

我垂下目光，瞥一眼染成橘红色的良子，踏上归途。橘红色的良子应该穿着不合时节的土气毛衣，我则是穿短袖短裤。

后来的事，我记不清了，当时的想法倒是印象深刻。

我首先想到的是，良子果然没有我想看的漫画。不知是爱慕虚荣，还是配合大伙儿的话题，总之是骗人的。

不。

或许不是骗人。

我家很穷，良子家显然更穷。就算吵着要漫画，父母也不可能买给她。况且，我想借的漫画，以及良子实际借给我的漫画，皆非少女漫画。在良子眼中，只要能看，恐怕任何漫画都无所谓。良子借给我的，会不会不是父母买给她的，而是刚好放在家里——

公寓里的？

她借我的漫画颇旧，脏脏的。

良子并不活泼，似乎没几个朋友，没看过她在外面晃荡。那么，她的生活大概没什么有趣的事，才会反复看公寓里的漫画。搞不好她真的有我想看的漫画，但不是自己的书，不能随便借给我。

或许她没撒谎。

借来的漫画，一开始没多大兴趣，读着读着，还蛮有意思。几年后，作者改变风格，红得发紫，但当年只是名不见经传的二流漫画家。虽是事后诸葛，不过，这等于是一部颇为稀罕的作品。当然，那个时候我没想太多，单纯觉得借来就好好看完。

看完后，我左思右想，决定马上拿去还给她。

可是，暑假期间，小孩子并不悠闲。我们得玩耍、写暑假作业，没干什么特别的事，浑浑噩噩的行程就满档。尽管我没忘记要还书，总觉得麻烦，于是耽搁下来。

不想去那栋歪斜的公寓也是原因之一。

虽然几乎每天经过，却不晓得住着哪些人，又有外貌狰狞的大人进出，更何况……

我不清楚良子是不是真的住在那里。

糊里糊涂地，暑假转眼结束。

迎接第二学期的教室里，不见良子的身影。可能只是不在我的记忆中。老师没解释，后来我问当时的同学，没人记得这件事，甚至不记得良子。

她大概转学了吧。

我的手边留着有点肮脏的古怪漫画。

又过一阵子。

凉爽的季节到来，行道树的叶子变色，我看见良子站在歪斜的公寓前。

啊！我暗暗惊呼。

不知为何，我无法出声唤住她，旋即跑回家。

要还漫画，只能趁现在。

良子转学后，或许再也见不到她了——

我急着去拿漫画。

转学的人怎么会出现在那里？我没想到这一点。

我匆匆脱鞋，冲进房间，抽出放在书架角落里的漫画，折返那栋歪斜的公寓。

可是，良子已消失不见。

我拿着肮脏的漫画，愣在黝黑歪斜的公寓前。

那一年岁末……或是刚过完年，公寓周围搭起鹰架。鹰架与地面垂直，可明显看出建筑物歪斜的程度。

不久，塑料布覆盖上去。注意到时，公寓已遭拆除。

至今我仍一头雾水。完全拆除公寓前，塑料布拿掉，鹰架撤除。其中一角堆着瓦砾，确切地说是柱子和墙壁的残骸，地基和一楼的厕所、流理台维持原状，景象十分不可思议。公寓被弃置一个星期左右。

大概是与业主起了纠纷。

那是第三学期。

当天非常冷，雪花零星飘落。

雪花细小，不到积雪的程度。地面干涸，我没撑伞，独自走在放学回家的路上。天气不佳，加以白昼变短，天色微暗，但不是傍晚，路上也十足明亮。

角地的公寓遗迹映入眼帘。

不知为何，唯独瓦砾上泛着一层薄薄的白。

是积雪，还是灰尘？我记不清。

但记忆中，周围拉起绳子，插着禁止进入的警告牌。中央有台倾倒的冰箱，后方是破掉的马桶。再后面是黝黑的木材、灰泥之类的碎片，及烂掉的榻榻米等杂物堆积如山。

冰箱旁边。

良子静静伫立。她没穿大衣，也没围围巾。

良子穿着那件不起眼的毛衣。

啊！我又暗暗惊呼。

应该喊住她，交还漫画。更重要的是，她搬去别处了吗？是何时离开的？她在这里做什么？

这些疑问一口气涌上心头，无法立刻厘清，所以我……

没出声。其实，我不知该讲什么。

“等……等我一下！”我总算，总算挤出这句话，而且朝着牛头不对马嘴的方向。良子似乎望着我，咧嘴一笑。好，成功叫住她，可以还她书。我继续往前跑。

但是，跑到一半。

不行——

脑袋浮现这个想法。

不可能还给她。没办法。

不晓得我为何会这么想，脚下的速度愈来愈慢。抵达家门前，这个毫无根据的念头攫住我。干劲全失的我走进家门，躺在房间里。不知经过多久，十分钟，或二十分钟？搞不好更久。

不，我不是要她等我吗？

念头一转，我急忙翻找那本漫画，却遍寻不着。

心跳加速。我的确要她等我，或许她仍在等我。外面下着雪，她可能待在原地，我不禁坐立难安，双手空空赶往那栋公寓。雪停了，但外头很冷。

良子不在那里，我非常后悔，恍惚望着废弃物与垃圾堆成的山。我叹口气，呼吸变得纯白。

第三学期末，废弃物和瓦砾完全清空，公寓遗址接近空地。话虽如此，尚未仔细整地，只清除垃圾。地面凹凸不平，约莫是地基的一部分，也可能是埋着别的东西。总之，看起来埋着非泥土的东西。

很长一段时间，就那样弃置。许久以后，才整理成一块建地。

恐怕是拿掉标识“禁止进入”的绳索的缘故吧，尽管是私人土地，但看上去只是块空地。不时会有人闯入，我和几个朋友也去过一两次。面积没大到可玩耍，我们没特别做什么，却总觉得在干坏事，莫名亢奋。

当时，我望着荒凉的土地，试着以鞋尖挖掘。是发现蚯蚓，还是人偶的头之类的吗？

上二年级后，那块空地长满杂草。

假期过去后，时值五月下旬……也许是六月。

那是个无风的灰暗阴天。

就像良子的毛衣。

不过，那是事后的感触，当下我并未这么想，仅仅有种预感。

不，这仍是事后诸葛。我不过是独自走在路上，有些不安吧。

高耸的杂草十分青翠。

经过时，明明没风，草却在晃动。

草叶之间冒出一张脸。

娃娃头、有点肮脏的脸，咧嘴一笑。

是良子。

不知为何，我拔腿就逃。

我跑过空地前，全速回家。鞋子脱下乱丢，连“我回来了”都没说，便冲进房间，抱住膝盖坐在角落，额头抵着膝盖。

我只清楚记得这部分。

至今膝盖和额头仍残留着触感。

我不是害怕。

虽然不晓得良子怎么会在那里、在做什么，但她并不特别可怕。虽然多少有些内疚，但我不明白自己为何要逃跑，完全不懂自己当时的心情。

那是我最后一次见到良子。

暑假前，空地整理完毕，迅速盖起两栋普通的出售住宅，想必早就决定买主。

景观改变甚巨，要重新忆起原先歪斜公寓的黝黑威容，实在困难。

我把一切忘得一干二净。

不对。

我并非忘记一切。不是没记忆，只是忘了我记得这件事。我不过是没想起，并非失去这段记忆。即使超过二十年，我依然记得不少事。

许多环节变得朦胧，仿佛罩着一层雾。

尽管有些衰退，我仍旧记得。

我记得的部分。

那是事实吗？

既然记得，应该是事实吧。

刚入学时，我吃不完营养午餐被留下来，以及导师说我们就像女儿节娃娃，我觉得很讨厌。这些母亲也记得。

除了我之外，有人的记忆相同，便能判断是事实吧。倘若是我的妄想，不可能侵蚀到母亲的记忆。不过，母亲不记得和我一起留下吃午餐的同学的名字。

曾有一栋黝黑又歪斜的公寓，这是事实吧。几个同学记得。

公寓拆除后，废弃物在原地堆放好一阵子，应该是事实。一起闯入的朋友依稀记得这件事，不少人记得附近养鸭的住户。

可是，几乎没人记得良子。即使有印象，也未必记得名字。我查过一年级的名簿，出现良子的名字。比对毕业纪念册，大致能认出谁是谁，却没有符合的女同学。读一个学期就转学，也是无可奈何，而且级任导师早已逝世。

这么一来，哪些是事实，变得暧昧不清。

或许我只是把记得的片段依序排列，用想象填补，联系起来。我可能弄错许多事。

冷静想想，时隔许久，转学的良子又站在公寓前，颇为奇怪。然而，那并非物理上不可能的现象。我看到的良子，不是浮在半空或透明，也没消失不见或变形。

良子仅仅伫立原地。

假如良子已死，就是鬼魂。但我没听闻同学去世的消息，也没把她当成鬼魂。

尽管年幼，我完全不认为看到不存在世上的景象。倘若视良子为鬼怪，懦弱胆小的我会更害怕，甚至又哭又叫，陷入恐慌。

那样一来，不可能忘掉。

最重要的是，那并不是值得忌讳的回忆。

当时的情绪更沉静、更揪心、更虚渺。

难不成是随着时间流逝，情感风化？

不，我不这么认为。

原本就是淡薄的记忆。

不仅淡薄，而且早已远去。

变得非常遥远。

良子是不是真的存在，我没办法确定，亦无从确认。难以证明她曾经存在。

她不在名簿上，又没人记得她。一切暧昧模糊。

班上从未有过这样一个女同学。

一起留下吃营养午餐的可能是另一个女同学，借我漫画的也是别人。连站在瓦砾前、从草丛探出头的，都可能是其他女孩。

或许我只是把个别不同、毫无关联的事物在脑中进行联结。毫无关联的种种记忆重叠浮现，宛如莫列波纹[①]，偶然形成那个相貌寒酸的女孩。

即使不是这样，也可能是我搞错时间顺序。真的有良子这个女孩，曾借漫画给我，然后出现在公寓前，但全发生在第一学期。第二学期她便消失，公寓更早拆除。相反地，良子搞不好后来才转学，住在那栋公寓是我的误会。

比起上述解释，更可能全是我幻想的产物。体验着未曾真正体验的遭遇，其实是任意捏造的故事。

或许我的过去，从头到尾都是一场妄想。

连“我”是否真实存在都不清楚。毕竟追根究底，我也无法证明自己的存在。

所以，良子不是幽灵。如果良子并非真实存在，她不可能是幽灵。如果幽灵是死者的灵魂，世上不可能出现不存在的人的幽灵。

不……

不尽然如此，我隐约想着。

因为过去根本不存在，唯有现在是真实的。

过去只是被认识为变化。如果有过去，也只是记忆与记录。

① Moire pattern，规则反复的花纹重叠时，彼此干涉形成的纹样。

记录仅仅是断裂的部分。要将世界总体毫无遗漏地记录下来是不可能的事。信息永远是片段，人类只是任意拼凑，任意解释。

记忆是不可靠的。不管记忆再鲜明，仍不一定是真实。有些地方印象深刻，有些地方印象淡薄，且随着时间改变，甚至会扭曲或翻转。人类只能将不定形的模糊事物，任意塑形与解释。

不存在确切的过去。

连我以为属于过去的事物，都无法完全担保。一切可能是我的妄想，真假没有太大意义。

过去不存在，所以没有真假可言。于是，不论是事实，或是联系回忆片段塑造出的虚假过去，两者并无不同。

谎言与真实没有差别。

不存在的人，从一开始就无异于幽灵，不是吗？

或者说，所谓的幽灵，是不是就是那类事物？我这么认为。

因而，是幽灵无所谓。

不是幽灵也无所谓。

只是……

我的手边，有一本肮脏的漫画。

唯有这本漫画属于现实。假使这个现实本身就是妄想，便另当别论，但漫画确实在我身旁。我不记得曾买下，也不记得是父母买给我的。

可是，我确实有读过的记忆。

这是一本沾染污渍的肮脏旧书。

放在纸箱里。约莫是搬家时放进去的，没拆箱直接收起来。找东西时，我顺便打开没整理过的箱子，发现这本漫画。

倘若记忆正确，我已借阅超过二十年。

我重读一遍。内容忘得差不多，仅仅隐约记得一些情节。如今，作者成为漫画界大佬，创作不少当红作品，但不怎么符合我的喜好，所以没看过太多。然而，我却记得知名度甚低的初期作品。二十年前，我果然读过。

黝黑歪斜的公寓，灰暗的毛衣，还有她的咧嘴一笑。

我不是记得一清二楚吗?

我并未遗忘，只是收在某个地方，虽然不晓得是不是真的。

不，一定是假的。

是谎言吗?弄错了吗?是错觉吗?是误会吗?是事实吗?

是幽灵吗?

于是……

我来到这个冢。

眼前是如小山高的丘陵。与其说是小丘，不如说是巨大的土冢。或许类似古坟，总之不是天然丘陵，是以岩石和泥土堆积而成。

冢上没有树木，处处可见苔藓或杂草般的绿意。其他部分都是石头，不然就是红土。

冢的周围等间隔插着竹竿，缠绕一圈圈的注连绳。那是一种结界吗？我不清楚。

不过，仅仅如此。

守冢的老人望着我。

“你只记得这些？”

老人问。

“噢，不必勉强回忆。记得的事……”

就是一切，老人继续道：

“你记得的，只有这些吧？”

“是的。”

虽然不晓得哪些是事实，哪些是虚构，以及从哪里是记忆，到哪里是妄想。

“没人知道。”

老人皮笑肉不笑。

“即使是发生在眼前的事，也没人知道真假。像我连自己是生是死都不清楚。”

“不清楚？”

“没人知道。我到底从何时开始，就守着墓冢？日复一日，触目所见皆是相同景色，没有昨天或前天可言。十年前和五十年前毫无分别，搞不好也没有明天或后天。过去与未来糊成一团……那么，是生是死都无所谓。”老人说。

“昨天我活过，明天不晓得是不是还活着。可是，即使明天和昨天交换，我也不会发现。长久待在远离人迹的地方，时间和日期变得暧昧不清。纵然时间倒流，我仍不会察觉吧。”

是这样吗？

“那……究竟该怎么办？”我问。

“埋起来。”

老人回答。

“埋起来？”

“这座冢叫昔冢，是掩埋过去的地方。”

“埋起来会怎样？”

“还用说吗？”

老人眯起眼，流露出几分笑意。

“会变成故事啊。”

“什么东西……变成故事？”

“你不清楚回忆是真是假，是事实还是虚构，是记忆还是幻想吧？”

“嗯，我弄不清楚。毕竟经过二十年了。”

“有必要弄清楚吗？”

“不……”

没有必要。

“过去的事，不会发生第二次。以人来比喻，等于是死了，是无。至于尚未发生的事，不等到发生不会知道。因为不存在，也是无。以人来比喻，就是还没出生。这么一来，活着的状态，只有这一瞬间吧。我们交谈的时候，现在不断死去，未来不断出生。一出生随即变成现在，然后死去。”老人解开注连绳，导引我进入结界。

“所谓回忆，等于是死掉的东西跑出来。那么，真假已无关紧要，不是吗？活在回忆里的人，和死人有区别吗？我们不全都与幽灵无异？”

“你也一样。”老人说。

“可是，人很傻，动不动就要计较真假，才会争论什么是编造或骗人的。很多傻瓜想归类到其中一边，都是白费工夫。毕竟全是假的嘛，没有什么是真的。如果有，只会是这一瞬间。但连这一瞬间，也等同于不存在吧？说是瞬间，在时间上即是无，是零秒。我没有学识，不太会解释深奥的道理。”

我懂老人的意思。

“没必要去区别。”老人说。

“区别真假，又能怎样？不管是哪类回忆，或记得哪些碎片，直接……”

埋进这里，老人指着冢。

“埋进这里……”

“一旦埋进去，归属哪边都无所谓吧？不论是真的，或不是真的，皆无关紧要，会变成虚实交融的……故事。”

“故事？”

全是故事，老人说。

在冢的周围绕行约半圈，路上形成无数脚印。

好几年、好几十年、好几百年，数不清的人走过这里，埋下过往。只要埋在这里，不管是百年前的过往、去年的过往，还是前一刻，全会变成同质的故事吧。

老人在正后方停步，仰望着冢。

“大概是这里。”

老人递给我代替拐杖的铲子。

“约莫在七分高的地方。”

老人伸出手，我抬头望去。

“坡度平缓，但脚下不稳固，小心别摔跤。”

“要爬去那边吗？”

“若是你……应该就是那边吧。要是挖到别人的过去，记得埋回去啊。”

“地点是固定的吗？”

他早预料到我会来吗？

“别大惊小怪，早就埋在里面了。”老人回答。

“咦，早就埋在里面了？什么意思？”

“这里没有过去也没有未来，之后要埋的东西，早就埋在里面了。”

原来如此。

那么，歪斜的公寓、公寓拆除后的空地、营养午餐和暑假，全埋在里面了吗？

我恍然大悟，接过铲子，爬上斜坡。踩着红土、苔藓、石头和杂草，想起过去种种。啊，如果不刻意去回忆，不就全部记得？全部，点滴不漏，虽然是假的，却是真的。逐一细想反倒糊涂，感觉缺少什么，才会认为像假的。

“就那边吧。”老人的话声响起。

原来如此，虽然我第一次造访，虽然此刻刚要掩埋，却觉得以前就埋过。

在这里。

我插入铲子，挖起红土。啊，以前我挖过。明明正在挖，又有股奇妙的感受，仿佛尚未开挖，刚要动手。

不管怎么挖，洞穴都没变深。明明没挖，却冒出洞穴。

过去的我，和未来的我，与现在的我重叠，宛如多重曝光的照片，变成好几层。这一刹那无限反复，我浑身充满怀念之情，几乎要满溢而出。

忽然间，我觉得已足够，便搁下铲子，双手拨开泥土。

泥土下埋着良子。

穿着肮脏的毛衣、一张煤灰圆脸、表情有些呆傻的良子，咧嘴一笑。

“总算能还给你。”

我从皮包取出老旧的漫画，交给良子。

“很有趣。”

良子又咧嘴一笑，收下漫画。

我没说什么，也没必要说什么，这样就行了。

良子果然存在。

她说住在歪斜的边角公寓。

她说有我想看的卡通原作漫画。

而且我们坐在一起吃营养午餐。

对吧？

我在漫画和良子身上撒下泥土，埋起来。按照原状埋起来。用和挖掘时相同的动作填起洞穴。啊，以前果然埋过。我默默想着。

明明刚埋好，却涌起一股奇妙的心情，仿佛还没动手，现在才要埋。

不管怎么埋，洞穴都没填满。明明没动手埋，洞穴已填平。

以前的我和未来的我，与现在的我重叠……

可是，突然间，只剩现在的我。

我过分专注填埋洞穴，不但把挖出的土填回去，又不小心挖到别处。守冢的老人说，那是别人的位置，埋着我不晓得的某人的过往。

不行，得埋回去。我望向凹洞，似曾相识的东西映入眼帘。

——啊，这是……

虽然完全遗忘，我却记得一清二楚。

我……不是填洞，而是挖开。不晓得是谁的过往，但我无法移开目光。无论如何都想看，非看不可。

因为……

埋在里面的是我。

肮脏、浑身是汗、几乎快破掉的短袖衬衫。沾满泥巴的短裤。虫笼、捕虫网。脏兮兮的脸颊。

是小学一年级的我，暑假的我埋在那里。

二十年前的我，不知为何满足地笑，左手拿着陌生的漫画。

——这……

没错，是那部动画的原作。是我二十年前想看的那本漫画。

——是良子吗?

良子借给我的吗?

果然不是骗我的，良子真的有这本漫画。

可是她没办法借给我，想必有什么理由吧。

不……

她确实有借给我。

然后我发现，埋起这个我的是良子。

对良子而言，我就埋在这里。

我，把我埋起来。

得好好埋回去，否则故事会淡掉。

在其他人心中，我并不是我，只是一段回忆吧。

但就像良子之于我，我之于良子，也不单纯是回忆。

而是变成故事。

故事不会消失。

虽然回忆会淡去，故事却是永恒。

我也变成故事。

我不仅仅是良子的回忆，还变成以前的故事，实在太美好。

我存在于不是过去，也不是未来或现在的故事中。

那么，我就像幽灵一样。

良子是不是仍活着，我不清楚。可是，无所谓。即使目睹无数次的良子是幽灵，都无所谓。

良子大概也看到我的幽灵吧。不管我是生是死，皆不受影响。那是故事里的情节。

昔冢埋着无限的过去，与无限的未来。

多么美好啊！

只要这座冢存在，我便能拥有故事直到死去，且能永远活在某人的故事中。

我站在通往冢的途中，以拳头拭汗。

如同暑假那一天，我浑身泥巴，汗流浃背。

这里真是个美妙的地方。

“埋好了吗？”老人问。

“好了。”我笑眯眯地回答。

终于能放心了，我飞快奔下昔冢。

图书在版编目（CIP）数据

奇谈百物语．眩 /（日）京极夏彦著；王华懋译
．—成都：四川文艺出版社，2018.11
ISBN 978-7-5411-5116-3

Ⅰ．①奇… Ⅱ．①京… ②王… Ⅲ．①短篇小说—小说集—日本—现代 Ⅳ．① I313.45

中国版本图书馆 CIP 数据核字（2018）第 140851 号

GENDAN
by KYOGOKU Natsuhiko

Originally published in Japan by KADOKAWA CORPORATION.
Chinese（in simplified character only）translation rights arranged with
RACCOON AGENCY INC., Japan
through THE SAKAI AGENCY and BARDON-CHINESE MEDIA AGENCY.

著作权合同登记号 图进字：21-2018-304

QITAN BAIWUYU XUAN

奇谈百物语．眩

〔日〕京极夏彦　著　王华懋　译

策划出品　磨铁图书
责任编辑　邓　敏
责任校对　汪　平
特约编辑　张　梦
装帧设计　broussaille 私制

出版发行　四川文艺出版社
社　　址　成都市槐树街 2 号
网　　址　www.scwys.com
电　　话　028-86259287（发行部）　028-86259303
传　　真　028-86259306

读者服务　028-86259303
邮购地址　成都市槐树街 2 号四川文艺出版社邮购部　610031
印　　刷　天津旭丰源印刷有限公司
成品尺寸　146mm × 210mm　1/32
印　　张　7　　字　　数　150 千
版　　次　2018 年 11 月第一版　　印　　次　2018 年 11 月第一次印刷
书　　号　ISBN 978-7-5411-5116-3
定　　价　39.80 元